傅天琳 著

傅天琳诗集

THE POEMS OF FUTIANLIN

图书在版编目(CIP)数据

傅天琳诗集 / 傅天琳著.—重庆：重庆出版社，2015.6
ISBN 978-7-229-08663-3

Ⅰ.①傅…　Ⅱ.①傅…　Ⅲ.①诗集—中国—当代
Ⅳ.①I227

中国版本图书馆 CIP 数据核字(2014)第 211993 号

傅天琳诗集
FUTIANLIN SHIJI

傅天琳　著

出 版 人：罗小卫
责任编辑：徐　飞
责任校对：刘　艳
装帧设计：重庆出版集团艺术设计有限公司·蒋忠智
　　　　　重庆尚品视觉形像设计有限公司·周　娟　刘　伶

重庆出版集团
重庆出版社　出版
重庆市南岸区南滨路 162 号 1 幢　邮政编码：400061　http://www.cqph.com
重庆出版集团艺术设计有限公司制版
重庆市金雅迪彩色印刷有限公司印刷
重庆出版集团图书发行有限公司发行
E-MAIL:fxchu@cqph.com　邮购电话：023-61520646
全国新华书店经销

开本:787mm×1092mm　1/16　印张:20　字数:300 千
2015 年 6 月第 1 版　2015 年 6 月第 1 次印刷
ISBN 978-7-229-08663-3
定价:79.00 元

如有印装质量问题，请向本集团图书发行有限公司调换：023-61520678

版权所有　侵权必究

作者简介

傅天琳，1946年生，四川资中人。中国诗歌学会副会长，重庆新诗学会会长。出版诗集、散文集、儿童小说集20部。其中，《汗水》1981年获全国中青年诗人优秀诗歌奖，《苹果园之歌》1981年获《星星》优秀诗歌奖，《绿色的音符》1983年获全国首届优秀诗集奖，1986年获《星星》诗刊"读者最喜欢的十位诗人"。《傅天琳诗选》2003年获全国第二届女性文学奖，《六片落叶》2006年获《人民文学》优秀诗歌奖，2008年获《诗刊》"十位优秀诗人"，《柠檬叶子》2010年获第五届鲁迅文学奖。《斑斑加油》2013年获冰心儿童图书奖。已由日本、韩国翻译出版诗集《生命与微笑》《五千年的爱》。1988年入选英国剑桥《世界名人录》。

目录

第一卷
（20世纪80年代及之前）

002	春风拂过果林		
003	橙子林		
004	橘树上的刺		
005	青春的星	032	梭梭草
006	我们	033	疏勒河
007	柠檬	035	往库姆塔格沙漠走去
008	心灵的碎片	036	告别酒泉
010	果园姐妹（节选）	037	红柳曲
013	团圆饭	045	加格达奇
014	母亲坟前	046	森林城市
015	母亲的手	048	雁荡山
016	半枝莲	050	西子湖
017	七层塔顶的黄桷树	051	灵栖洞
018	夏夏的眼睛	052	在绍兴
019	夏夏的头发	053	琴声
020	夏夏的花	054	新年电话
021	夏夏的生日	055	海
022	八月的钟声	063	柏林西
024	背带	065	胡苏姆
026	母爱	066	红草莓
027	梦话	067	正午的大麦地
028	牧歌	068	咖啡之歌
029	到草原去	069	圣母像前
030	老人与湖	070	一个夜晚的感觉
031	未来和未来佛	071	远离你

1

第二卷
（1990—1999）

- 074　初稿
- 075　生命寒流
- 076　选择
- 077　梦中重逢
- 078　画了一半的画
- 079　货车箱里的牛
- 080　老屋
- 081　老鸡圈
- 082　往事
- 084　人和寓言
- 086　童子街29号
- 087　现实主义的鸽子
- 089　在维也纳感受音乐
- 090　莫扎特
- 092　市景
- 093　星期日早晨素描
- 094　早餐
- 095　维也纳的马
- 096　汉城
- 097　在韩国高速路上
- 098　在韩国用餐
- 099　穿过日本海峡
- 100　月下的樱花
- 101　尤加利树
- 102　黄金海岸
- 103　新西兰
- 104　认识两种颜色
- 105　诗人之家
- 106　与泪相逢
- 107　波涛里的叶子
- 109　百年之约千年之约

第三卷
（2004—2009）

- 112　柠檬黄了
- 114　寄书
- 115　飘在空中的落叶
- 116　老姐妹的手
- 118　断了
- 119　林中
- 120　果园诗人
- 121　一滴水
- 122　你的生日
- 124　悼念一棵树
- 126　挂在树上
- 128　花甲女生
- 131　我爱你，孩子
- 132　让我们回到三岁吧
- 133　一封信
- 135　唤醒你的羞涩

137	出书	173	阿曼尼沙汗
139	在出租车上	174	胡杨
141	墓碑	175	和田的无花果树
143	我现在的海	177	沙漠
144	我喜欢的女孩	178	下一站
146	毛笔信	179	缤纷菏泽
148	黛湖	181	老人与花冠
149	船	182	青海湖
150	气息	183	青海的草
152	窒息	184	青海的油菜花
153	在北方过第一个冬天	185	眺望天姥山
155	台北电话	186	硅化木
157	诗人	187	鹳雀楼
158	一年中最冷的一天	188	华山
160	在机场	190	不能没有树
161	表达	191	碑石里的圣贤
163	北方	192	临潼
165	湿地	193	我的箱子
166	风至八级	194	宿松的雨
167	灰色的水	195	小孤山
168	大峡谷	197	我为什么不哭
169	小火焰	199	我的孩子
170	一棵树	202	黎明
171	戈壁乌鸦	204	声音
172	慕士塔格峰	205	北川诗人

3

第四卷
（2010— ）

- 208 给母亲过生日
- 209 87 岁的四姑这样说
- 211 白雪诗人
- 213 一小时
- 214 大佛
- 215 船上
- 216 赵佗
- 217 我忘了
- 218 窦团山间
- 219 故乡
- 221 五岁李白
- 222 苏东坡坟前
- 224 阅读庐山
- 226 在雾中
- 227 箜篌城
- 229 到了中牟
- 230 雨声
- 232 致徐利
- 234 百岁母亲
- 235 重阳粥宴
- 236 十二月的阳光
- 237 你是我的红樱桃
- 239 悼抒雁
- 241 悼作荣
- 243 悼燕生老师
- 244 悼熊威大哥
- 246 又一个诗人到月亮上去了
- 247 杨梅树
- 248 听酒讲诗
- 249 城口彩叶
- 250 林场场长
- 251 巫山红叶
- 252 巴楚之间
- 254 我要去邓州
- 255 北上的水
- 256 我走过石头
- 257 鸟叫
- 258 走。沿着鲤鱼河走
- 259 在小南海你看见了什么
- 260 风雨濑溪河
- 261 下午
- 262 自己的琴
- 263 草根的花
- 264 花冠
- 265 一片叶子
- 266 一碗蜂蜜
- 267 天生三桥
- 268 我的北碚
- 270 阿蓬阿蓬
- 271 我在酉阳等你
- 272 三月垫江
- 274 幸福
- 275 雨中看牡丹
- 276 仙女山
- 277 那时：三不管岛
- 278 你就是我的那个秀
- 279 大地之心
- 280 爱情天梯
- 284 拉斯维加斯如是说
- 286 墨西哥湾

287	飓风	306	雷抒雁
288	赌徒	306	韩作荣
289	得克萨斯州	307	李琦
291	雨	307	郑玲
292	约书亚树	307	刘立云
293	科罗拉多大峡谷	308	张新泉
295	海之诗	308	陆健
		308	蒋登科
		309	李元胜
	评论摘录	309	何房子
		309	苏瓈
306	吕进	310	佐佐木久春
306	蓝锡麟		

第一卷

(20 世纪 80 年代及之前)

春风拂过果林

春风拂过果林,一切都在苏醒
树上的花河里的水山中的鸟天上的云
就连那岩石缝里的虫蛹卵块
也悄悄睁开了眼睛
一群辛勤的忠诚的园丁
脱掉棉衣,挽起衣袖
开始做自己该做的事情

橙子林

扎根同一块土地，吸收同一片阳光
棵棵橙子树，是同一个父母生下的姑娘
远望，她们一样葱茏一样茁壮
近看，她们千种姿态万般模样
有的伸出长长的柔嫩的手臂
捧一簇鲜花在春风里摇荡
有的低着如豆的小脸
藏在绿叶下最不显眼的地方
她们以不同姿势呼吸同样自由的空气
运动着，追赶着，组成强大阵容
从春天走向秋天，从碧绿走向金黄

橘树上的刺

你是要划破我金红而甜美的记忆吗
高高的橘子树上的刺
不，不会的
你没有划破赤子的心
只是损伤了手上可以愈合的皮

青春的星

我青春的星小不丁点
云遮住它，它依然亮闪
云发脾气了，把它赶走
摔落——无数灰白色碎片

我背着干粮，淌着汗
寻至海角，又绕到天边
用一条自家编的粗布袋子
拾满我无限珍贵的梦幻

我每天浇水，虽然是石子
我想它有眼，看得见
我每天唱歌，虽然是石子
我想它有耳朵，听得见

五年，十年，二十年后一个瞬间
推开门——啊，它活了
每一粒碎石都是一片叶子
它不再发光，却是春天

我们

我们在寒冷的枝丫作巢
没有一片绿叶发来贺信

我们在柠檬汁的苦海扬帆
没有一节花枝愿来作桨

我们在夜的山路奔走
没有一个萤火虫赶来点灯

我们在茫茫荒野唱歌
没有一只鸟儿飞来亮嗓

我们,就是你和我
就是一切

两块残缺的心哟
今夜,合成一轮月亮

柠檬

那些年
柠檬是最被人鄙弃的了
没有成熟是涩的
成熟了是酸的
多像是厄运的象征
就连小偷也不屑于看它
其实
那是人们的食橱里
没有糖

心灵的碎片

1
我的憧憬
和蜻蜓的翅子一样透明
在不高不低的天空编织童年的梦
我就是天真
和我一样天真的孩子来了
我伏在细细的草叶上,不动
当孩子带着胜利的战栗走近
我飞啦!他忘了我有一双大眼睛

2
我总是爱笑
苦日子尤其需要笑
我的笑转瞬变成甜
变成香蕉,变成石榴
变成月亮和太阳挂在树梢
我笑着安慰自己的心
忍一忍吧,再忍一忍吧
只有笑,才是苦难最好的陪伴

3
我是被牧童割下的草
并不悲哀
奶牛哞哞的叫声已证明我的价值
卑微和贫困是我的财富
是富人们不配具备的财富
我的诗歌将从这里产生

4
我斩荆除棘登上山
山却是绝壁
我钻进地心掘出井,却没有水
我采集风雨浇开花,已是黄昏
我是无望吗?我是失败吗
不啊,花死了会把信念留给隐芽
地心无情,天空还会落泪
绝壁不会绝灭生命的青藤
我就是自己的希望,我正年轻

果园姐妹（节选）

你这流溢着嫣红黛绿的果园啊
你这飘游着淡苦浓甜的果园啊
用不着我给你写诗
你就是一首美丽的抒情诗
黎明，乳白的雾飞来为你洗脸
朝霞为你镀红
你翡翠般的手臂在晨风中起舞
洒我一身花露
撩动我胸襟内隐秘的情思
子夜，你披着柔软的秀发
微闭倦美的眼睛
蛐蛐，蚱蜢和不知名的乐师
为你演奏一支小夜曲
哎，我怎不为你而陶醉
我的少女般的果园啊

是的，我爱金红的蜜橘
我爱硕大的苹果
也爱永远不会变红的柠檬
和玲珑剔透的小葡萄
是她们，众多的姐妹
组成了这美好的，新鲜的世界
但我更爱这脱颖于苦难世界的创造者
培育者，我的果园姐妹
我用山风一样不羁的自由自在的节奏
用鸟一样野性的不经训练的嗓门
唱一支歌给我的姐妹，也给自己
我虽然纤弱，懂事太晚

总是姐妹中的一个

哦果园
你这飘香的城市,色彩的宫殿
你这青春和理想的纪念碑啊
我们把天真的汗水,天真的笑声
连同天真的诗都一起当作建造材料
我们裸露着和土地一样颜色的臂膀
挑着和窈窕的身姿极不相称的大木桶
跌跌撞撞。我们身上
散发着泥土,青草,牛粪,汗水和雨的
混合气息。劈开石缝种下了少年时代和
整个青春的韶光
种下了玫瑰色的梦和梦一般的向往

我敢说:我们是世界上最值得爱的姑娘
虽然没有一条花裙子
却给果园剪裁了一件又一件春装
可是赞许的日光
为什么看不见姐妹们丹橘般的心啊
枝叶间泻落的却是沉铅一样的白眼和欺凌
秋天的造访者们
有谁握过我的姐妹粗糙而灵巧的手
铺洒血汗的石阶上,布满多少不公正的脚印
压弯的腰身,变成没有解答的问号
劳动者,主人,怎样才是准确的发音
彩色河流上的孤帆
就是姐妹们的命运吗
青春的日历,一张是炎光
一张是冰屑,一张是残缺的月亮

辨不清面目的风，一阵接一阵
又卷走叶面上幸存的希望
剧毒药剂杀灭了虫子，扼死了花芽
赶走了山雀，窒息了自然界的呼吸
我摸着自己的心，渐渐失去节奏
在迷惘的追寻和无尽的摧折中
它疲倦了。凝成一粒不会说话
不会发芽的石子。我的姐妹哟
我的苹果一般新鲜的姐妹哟
我的柠檬一般苦涩的姐妹哟
让我们在泥泞中站起，在烈日下集合吧
我们相信秒针更相信时针
相信眼泪更相信汗水
相信热情和花瓣会重新绽开春天的祝愿
相信果实和欢笑会重新弹响秋天的琴弦

团圆饭

是缺柴,是少炭
煮一顿团圆饭竟用了二十年
嚼得烂的是鸡肉,嚼不烂的是思念
人世间的泪雨,溢出了杯盏

母亲坟前

她要是知道她的女儿成了诗人
会多高兴
那个美丽如绝句的女子
如今是一座坟
这座坟在生我育我之后
脱掉了体温

跪在坟前
任她艾草抚脸
一缕清苦伴着温馨
凄恻入骨
疼痛入骨
思念入骨
不相信风暴已打散我们

她离去的那个黄昏喋血
为了血
我发誓不再流泪
我发誓让所有的血
开出玫瑰

让玫瑰火焰焚烧我的稿页吧
在坟前我读给她
我烧给她
我相信冥冥中有一只手
已牵着我回到她的膝下

母亲的手

我是迟迟不肯上路的啊
边走边哭,我才六岁
不知道母亲为什么这样狠心
硬要牵着我送我过河去
我不知道在并不自由的年代
母亲的手是船
是一片唯一的自由

我不知道母亲留给自己的
是最黑最深最漫长的孤独
为了给我一副翅膀
宁愿让十字架嵌进双臂
身后的白塔,和她一样
默默承受着人世的沧桑和风雨

我就在这样一个破碎的早晨离开
在一个更加破碎的夜晚归来
圆月之夜,没有母亲
只有母亲的手是岸
泊满我永远的伤痛

半枝莲

妈妈得了癌症,医生说
一种叫半枝莲的小草能治

没钱买药。我找。我自己找
我要用自己的手拉住妈妈最后的日子

那对生着淡紫色叶片的半枝莲啊
为什么对生呢?我想一定是
对生着女儿和妈妈的瞩望

采集了一个七月,采集了一个八月
走过一条田埂,又一条田埂

每天三四十枝,用清水洗净、晾干
九月登上火车,火车听见我的心跳
一路重复母亲母亲的呼喊

半年后,弟弟来信说:妈妈走了
半枝莲还剩下一箩。半枝莲旁边
是临死前母亲戴过的高帽

那对生着淡紫色叶片的半枝莲啊
你是我从此唯一不敢采集的祭品

七层塔顶的黄桷树

七层塔顶的黄桷树
像一件高高晾着的衣衫
旷野拖着它寂寞的影子

许是鸟儿口中
偶尔失落的一粒籽核
不偏不倚
在砖与灰浆的夹缝里
萌生了永远的灾难

而它稀疏的丫枝上
麻雀吵闹着正在筑巢
而它伸长的手臂
像要抓住破碎的云片
捎去并不破碎的盼望

它盼望什么呢，我不知道
犹如我不知道它摇曳的枝叶
是挣扎，还是舞蹈
是的，它活得多别扭
但绝不会死去

它在不断延伸的岁月里
把孤独者并不孤独的宣言
写在天空

夏夏的眼睛

夏夏，睁开你的眼睛
睁开那夏天，和你自己

蝉儿在树荫里唱歌
太阳光从正午漏下来
从你长长的睫毛漏下来

两只鸟儿
穿过空谷的晚云
从你眼里越飞越远
夏天渐渐长大

而星辰，萤火虫
而专喜欢赴晚会的小姑娘们
却不慎掉进湖中了

快合上你的眼睛，夏夏
合上你的留影湖
留住那夏天，和你自己

夏夏的头发

你仍是一枝风
你仍在我的臂弯

夏夏你睡了
湖中多了一朵睡莲
世界多了一种和平
没有人敢惊动你的门帘
没有人咳嗽

你是一棵树，你的发
轻轻落在我的面颊
和另一棵树缠在一起
放出树脂的香味

让我在你的发丝
在一枝八月最小的风中
作精细的雕刻
刻一百年仍嫌短
你仍在我的臂弯，直到
最后一秒，月光落下来
将我的头发围成一片银白

夏夏的花

这郁郁的潺潺的芳香
是从这些有淡淡药味的小瓶里飘出来的
是从你的手指流出来的,夏夏

这么多的药都没把妈妈的病治好
倒是这个药瓶给治好了
妈妈该起床了,夏夏

你小小的无限的四岁的爱
让我们的竹棚子变成宫殿
让妈妈插一朵花在我的公主头上,夏夏

山野的金樱子花枕头草花紫绒球花花
你们不懂得自己多好看
只有夏夏知道,只有夏夏,我的夏夏

夏夏的生日

夏天把生日给夏夏带来了

夏夏是苹果
夏夏的生日住在一只苹果里
让我把手洗干净
再去抚摸这只苹果

妈妈没有蛋糕
妈妈竟然买不起一只蛋糕
夏夏过生日不吃蛋糕
蛋糕没有夏夏的笑声好吃

夏夏不哭,被刺藤绊倒了也不哭
羞那些叶子
那些滴滴答答的叶子
没有夏夏听话

夏夏长高了
夏夏这是第三个夏天了
第三个夏天你懂得帮妈妈拾柴火了

夏夏把生命给夏天带来了

八月的钟声

渐渐地
少女的天真飞走了,渐渐地
我的双臂不能再作飞翔的姿势

一阵深邃的钟声
融入脉动
唤醒我最初的母爱最初的
母爱带着羞涩与惊慌醒来

怎么好对他说呢
我的呕吐不是病
让我静静地躺一会儿吧
我的船正在行驶
从此岸到彼岸
从单纯到丰富

我的整个心灵沐浴在高尚的和平的芬芳里
我不允许任何懦怯、疲惫和呆滞靠近我的
身体
在视线所及的地方
有足够的光亮和音乐组成图画
我走进图画贪婪地呼吸着
别人说梦见花要生女孩子

第二天,我的枕边多了一条小裙子
还要做些还能做些什么呢
我离开母亲的时候才六岁
我忘了在五岁就问一问我的母亲

我做母亲的日子是八月
苹果红红,谷穗黄黄
红红黄黄的八月
现在该为八月编织篓子了
我想我也该编织摇篮了

背带

她只是顺着风顺着河流走去
并随便剪下身后的一段路
用来背她的孩子

她和孩子缠在一起
笑声叠在背上
哭声叠在背上
一条背带从孩子的肩母亲的肩搭下
在母亲胸前交叉挽成结
挽成蝴蝶

她径直往前走着
竹篮里的种子怎么也播不完
母亲的爱怎么也播不完
孩子只有种在母亲背上才能生长
即使秋天
她也能听见出芽的声音
蝴蝶结在胸前
翩翩飘起

母亲和孩子缠在一起
白夜解不开
雷电劈不开
也许只有在孩子能下地的时候
蝴蝶结才会缓缓松开
还原成路

而她只是顺着风顺着河流走去
她根本不知道世界上还有画家
她也不知道
自己正径直走往一幅油画中去
成为圣母

母爱

我是你黑皮肤的妈妈
白皮肤的妈妈
黄皮肤的妈妈

我的爱黑得像炭
白得像雪
黄得像泥土
我的爱没有边界
没有边界我对你的爱

你是白雪覆盖的种子
你是黄土长出的树
你是煤炭燃烧的火
你是生命你是力量你是希望你是我
孩子啊你是我的孩子

梦话

你睡着了你不知道
妈妈坐在身旁守候你的梦话
妈妈小时候也讲梦话
但妈妈讲梦话时身旁没有妈妈

你在梦中呼唤我
孩子你是要我和你一起到公园去
我守候你从滑梯一次次摔下
一次次摔下你一次次长高

如果有一天你梦中不再呼唤妈妈
而呼唤一个陌生的年轻的名字
那是妈妈的期待
妈妈的期待是惊喜和忧伤

牧歌

草原的草是没有遮拦的
漫不经心就走过克日伦河
草原的牧歌是没有遮拦的
风一吹就开出遍地花朵

贝加尔针茅长小小的刺
刺我们手臂以轻微的疼痛
八月太阳长小小的刺
刺我们心里以无限欢乐

四野飘荡音乐的气息
那些散失的名字和马匹
聚到一支牧歌上
就成了草原庞大的根系

每一棵草都走来走去
老是变换牧歌的方向
牧歌走过的地方黄了又绿
黄与绿之间夹着一片草原

到草原去

乘一辆大客车到草原去
一程一程雁语送我们到草原去
一树山丁子
已被向往涨得通红

到花比草多的草原去
到草比诗多的草原去
去作牛羊
啃光一个诗人的青草
忘记争吵，胃痛和药
到安详与宁静的草原去

给大马套上金鞍子
给高腰水靴拴上红绸子
挥一阵马蹄风滚过草尖
被白雪深深掩埋的故事
我们要去一个一个找回来

用金边大碗喝酒
用羊肉干珠帘装饰镜头
我们被风托着
远远飘离城市，噪声和拥挤
嚼一节自己的诗歌
忽然间有了青草的香味
奶茶的香味

草原，草原
还没有分别，便开始怀念

老人与湖

野草都爱坐在你的周围
听你吟唱
大雁都爱飞向你
向你倾吐心事
你是大雁秋天的湖
湛蓝的湖

一只干干净净的杯子
斟满雨水。无数年代的雷电劈来
一如美丽瓷器受到伤害
而你,仍旧是湖
没有皱褶的湖

一个不一样的春天终于来临
所有生命瞬间复苏
你听见冰雪解冻的声音
携带着眼泪和落叶
快步赶到水边,啊老人与湖

失而复得的自由让你重新活着
让你的诗歌更加理解自由的涵义
老人唱起歌来
一边撒网
一边一如既往地
放走网中的鱼儿

未来和未来佛

在一支素烛中升起你
升起未来佛
未来的山山水水，升起在烟雾中

在闹钟闹不醒的城池
住着未来，满怀善意的未来
至少我是这样相信你
看你平放的五指，看你的慈笑

你的慈笑穿过我的双臂
像一只鸟我飞起来
我呼吸你呼吸过一千年的空气
仍感觉那么清鲜

我已经完全相信你了，三危山下
未来是什么样子无关紧要
未来无论发生什么事
都要平心静气

梭梭草

风,伸进空骨
又掀翻我头顶的刺蓬

葬身于西部最辽阔的公墓
我是一棵梭梭草
沙哑的西北风一粒一粒
扑打在我的墓上

混浊的地平线到哪里去了
一座寿昌,许多座寿昌到哪里去了
红柳、黄羊、黑骏马到哪里到哪里去了
趁火打劫的流星雨
干枯的古河床

太阳啊
出来检阅这悲怆的生命吧
我错误的根
已与风沙错成死结
我的手臂伸出坟头

疏勒河

日月往西
日月的方向是男子的方向
水流往东
水流的方向是女子的方向

而我要追随你径直往西去
许多年许多年
风为你狂野山为你雄壮
但我还是要弄　支羌笛
缠缠绵绵吹过嘉峪关去
还是要弄一船月牙
剔剔透透撑到鸣沙山去

一直到你的驼队与马队
驻足不前。到你干渴的双眼
只能畅饮蜃景
到你迷路，昏厥
四处寻找铜钱、瓦罐与白骨

夕阳埋进沙堆
又一早一早地站起来
那是我用我温柔的带血的手指
从坟墓抠出来的生命
但是九色鹿不是我
摘取火种的英雄不是我
护佑你巍峨健壮的女神也不是我
我只是穿着土布衣衫的疏勒河

033

随你西去，要说话更淡，走路更轻
在鲜明的反差中与你和谐
当呼吸下沉到你的沙底
会有沙枣花开在我的床上
我就这样一步一步滋润你
一个冬天孵一窝卵石
一个夏天生一片绿洲

这世界如若没有温柔
一切生动的脸都将枯萎
日月往西，日月的方向是你的方向
而我要追随你径直往西去

往库姆塔格沙漠走去

往库姆塔格沙漠走去
结果会怎么样
结果是一堆散碎的意境
黄色一层层盖过绿色
风一天天吹

一切经验都拒绝与我为伴
风沙最终要抹掉我
而祈祷是无用的
而月亮正在死去
而我正往库姆塔格走去

啤酒瓶的遗骨在风中大笑
我必须学会在沙漠抒写狂涛
太阳刺我，风沙锤我
只有天边有水，有船，有树
有坠落在水上的钟声
在唤我。在库姆塔格，我饿了
两瓣凋谢的嘴唇
衔不住西去落日
一只黑鸟从我右边的天空
飞进我左边的天空

结果会怎么样呢，结果也许很坏
而我还是要往我的沙漠走去
一只瘦蝶，一张最薄的怀念
最终渺小如沙，伟大如沙
我松弛的思维躺下

告别酒泉

一阕月光
任你吟出几多醉意
戈壁风回旋到此
已被酿成酒的支流

酒泉滴滴
滴落即成以往
生活即成告别
酒中看你胡旋
看你墙上醉步的书法
一排雁声，涉过酒泉
便不再是关内的鸟儿

雪峰挂在你右边的窗上
家乡挂在你左边的弦上
听你弹淡蓝的思念，淡了又淡
那么酒是今夜的上帝
上帝说酒可以满，月不能圆

酒泉滴滴滴落即成以往
生活即成告别
告别的酒容易醉人
告别的月光容易伤人

红柳曲

1
我的掌纹清晰如路
你的掌纹坦荡如怀

掌纹的指向，是一列
英雄的长途。举棋不定的梦
停在火车驶过的站台
让一只卤鸡和一袋锈梨陪我
我就能追赶你的苍茫

东方伸出长长的佛手
没有抓住西去的落日
我多年的祈祷原本是一次
庄严的赴难！沙海太沉，阳光太重

2
大地祭坛，不甘屈辱的祭品
是一群被追捕的无辜野魂

一个沙哑的声音在喊罪犯罪犯
沙丘摇摆刑警步
黄色与灰色浑浊不清

你说：世上最好闻的气味
是新鲜羊粪的气味
那是生命的气味，是你的昨天

被夸张的死亡
谄媚的磷火是无数灼烧的躯体
风的旋转的舌尖
吐不清这无血无泪的诗句

原始的蜃气被你一掌击破。你又说
你不因生而伟大也不因死而渺小
却要从白骨中判明生者的方向

3
雾在后山，旋转的牧场
打开巩乃斯平川

天地被你无限放大
我被你无限缩小
缩小的我的身影，无处藏掖

光的手指，滑腻而世故
扶我站起。我已不能作为我而存在
广阔无边的孤独
是唯一生存我的空气

那么多玫瑰和酒
那么多柔情和草

为什么命运选择了我在四月到来
为什么夕照中我和平的剪影
让一颗心疼惜
让十万支压满敌意的枪筒喑哑

为什么我的红柳裙受你抚慰
从此亮丽清新

4
爱的羽绒，真主的翅膀
我被簇拥得如此辉煌

树梢抖落粉状的白色
山野抹上蜡状的白色
河水流淌液状的白色

白雪将我圣洁
乔尔玛路带沿我双肩泻下
白雪啊白雪我和你彼此燃成白炽
天山，在你低沉的褶皱之间
夹着一条幽咽的四川

风在扬鞭，陆地急不可待地飞动
寒冬没有掐掉最后的胚芽
我淡得似有似无的草裙
绣满活蹦乱跳的小驹子

此刻你呼吸着你的天山
此刻我流动着我的天河
此刻同一片天籁赐我们分享

5
我是你一跳一跳的维吾尔小火焰
十二岁的花儿
吵吵闹闹的热瓦甫

为你提壶洗手的小妹焰焰
为你擦亮皮靴的小妹焰焰
吊着你的脖子,在水渠边蹦着与你比高
使你浑黄的眼睛流出最清澈的水声
是你十二岁的焰焰

今年总是开在去年的枝上
明年总是开在今年的枝上
杏花谢过四月,我们谢过胡大
哥哥你乌黑的蹄声使塔松的鬃毛摆动

你说火焰还分大小吗
你说:你永远是我十二岁的古丽

6
直立的海,每一根柱子
都是沙尘。转来转去我们转不出
这方戈壁

捧尘土敷过旧恨与新伤
满是血迹的脚要学会忍让
天地间仍是一团混沌
唯沉默能使山与海同行

月色如铅
沙枣树沉重的身躯,缓缓爬行
抖落二十度春秋的荣耀和耻辱
空出手来,反剪一双持重
释放一对轻盈

我永做你背阴的一面，陌生的旅人
我的使命是与你飞越幸福深重的夜境
有火种点点滴滴，那不是太阳
不是太阳。我们要的不是黄金

7
被蹂躏的灵魂
被蹂躏成沙仍旧是灵魂
绝望如同欲望，如同旌旗高挂
哦哦，看又　群背包来了
又一群黑鸦

乌云盘旋
画无数狰狞的圆
一声凄厉的狂叫，一只手在抽泣
你大步上前为我梳理风暴

一羽月光飞去不再飞回
这是岁月。火焰山点燃不再熄灭
这是爱情。河水拉着汽笛驶往远山
远山笼罩于神晕
是我不能到达的层次

永生不能到达你，并不忧伤
借西风年年为远山披一件胡杨
天空落雪，草木落泪
雪与泪的吟啸，就是我的瞩望

041

8
汽车穿行于刀凿斧削的山脉之间
一个拐弯
温柔的曲线出现在眼前
哦哦！一片清澈的水，一抹绿草

这时谁能不说西部是属于女性的
她只是甘于在最后出现
甘于把辽阔与驰骋交给男人
她负责生育，负责烘暖土坯房
负责用牛粪火烤熟香喷喷的馕

负责用曲线的斜坡去赶小马驹
负责剪羊毛擀毡子，负责挤奶
那香甜的肥硕的肉质的奶啊
就从牛的羊的石榴的梨的杏的乳房里
从西部饱满的乳房里源源流出

升平，恒动，宽厚，良知
创造了男性世界的文明

9
你说：你来此是真主的旨意
真主早就安排了一顿饭，宰了一只羊
要我在此时此地招待你
无法削弱和阻碍的天意顺它去吧
为证明我的坦诚这儿才有了戈壁

一生只为了栽种一棵月芽
一枝弯腰的仙客来

只为了朝拜一对星辰

世界的终点是大峡谷
是峡谷中鸟类与鸟类的回声
直到日出杲杲,相互被点化成神话
才回到各自居住的树丫

生命的神秘的香味
湍急的四月的光芒

而我至今对你无所不知—无所知
我匆匆地来又匆匆地去
唯你绵绵无期

10
什么时候草场牧歌发芽
羊肠道孕满愁蹄,哎我记不起了

大白狗下过几千次崽
杏花杏花谢过几千回春
月亮月亮挤过几千道皱纹
我全记不起了。可怕的困倦袭来
我听不见海潮

女人最宁静的时刻
女人最庄重的时刻

啊,忘却
我要学会忘却
忘却是爱的极致

豆蔻梢头，耳坠子刚刚订亲
有阿訇作证啊
我获得了你的珍爱，永远崇拜天地

11
柔巴依，柔巴依
我一切所幸与不幸全在于感激

我为什么感激
我怎能不感激

伟大的男性愈加伟大
伟大的女性愈加平凡

我代代与你相随
我世世与你相逆

你就要上路
让我站起来
让我最后为你勒紧马的肚带
整理马的鞍鞯吧
女人死后化为红柳
请把我插在你的胸前

加格达奇

木头国的国都
捣碎都柿果,用果汁染你的红唇
染你大片大片的红瓦,加格达奇

用榛子的酒味
灌醉所有的雪鸡
醉倒在开发者的远景里
开发者,是怎样将手臂伸进风雪深处
只有铁道兵能告诉我
加格达奇

加格达奇立住脚尖
在北纬50度的冰上旋转芭蕾
无霜期很短,雪线很长
长长的一根寒温带
让每一个森林城市驰骋芬芳
那最远的一朵,该是古莲

画你以松鹤
刻你以木雕
松鹤木雕都不能满足你的夙愿
有好多木头在喊
再来点火车皮呀,加格达奇

穿过十字街
明日有一张车票去北方
明日有一封信去南方
有许多樟子松那儿也不去,加格达奇

森林城市

驾自己的年轮而来
听自己的鞋声,轻轻飞翔
哦,森林城市
我是一棵爱幻想的南方的树
南方,跨过无数溪流
只为追逐你一颗小松子的翅膀

森林城市被森林拱着围着
被铁路缠着绕着
森林城市堆满木头
这就乐了爱骑木马的孩子们
苦了爱抽烟的丈夫们
当晚云撒播木屑的湿气
这城市涨满啤酒的气味

四点钟太阳就趴在木栅栏上
催你起床,催你劈柴
催你竖起你的黑木耳
倾听黑龙江最新的潮汐
这城市肩负所有树木和风雪
波浪式地歌唱

一切都是木头做的
森林城市没有铁椅子
仅仅精通会议不行,仅仅做老黄牛
不行。森林城市
必须懂得采伐更懂得营林
懂得安置水暖机库

懂得在雪峰之上有红红的牙格达
举起你的目光

常盼望明天的节目和球讯
常想起最初挑行李卷的土篮子
想起木刻楞。木刻楞嫁接天线
森林城市伸出触角
接通电流，更加敏感而且粗壮

那棵喜欢幻想的树
便随着小松子的翅膀
缓缓降落在雪道，幻想白天作白桦
幻想夜里作黑桦

雁荡山

雁荡山有几滴雁声
掉进谁的眼睛
谁的眼睛就飞起来

飞起来一片雁荡风
风从海上来,风从天上来
乘漫不经心的雁翅荡来荡去
给每一块石头插上羽毛

我不会走路了
轻盈盈随时会跌入某一个仙境
那修女在石壁颤颤悠悠
那老鹰石连夜孵化出一万只想象

那男孩,那女孩
已结成石头夫妻
美妙地耳语了一万年
也不管脚下的佛灯

这时我突然抬起手腕
听爱情滴答滴答地走

谁的目光突然凝聚
真担心目光如电推倒峰巅的危石
让谷底的石笋长出新鲜的诗歌
游人们走出自己的身体
又走进石头,拥挤着
观看深处的灵魂

二折瀑
已将我和自然融为一体
我只能为一片雾气而发呆
这时水净得已不是水,你也不是你
语言也不是语言

西子湖

记不得乘哪一趟梦车来过
被哪一片春风裁过，裁一群燕子
我，是其中的那一只
当南柯一梦醒来
循着水声看见自己的影子
谁能相信确已来到西子湖畔

遍地是诗
拾几页投进湖中，立刻情思漫漫
漫过苏堤与白堤
堤沿飘来那年的酒香
月是满月，坐在月亮坪上
今夜我如水的心情动荡不安

读着墓碑里的忠魂
忆起开天辟地的爱情
都是为民族为信仰而灿烂
那站着的越站越高
跪着的越跪越低
水的硬骨撑起一方柔美的江南

啊西子湖
湖边的人最爱吃藕
最爱穿藕荷色的小衫儿
最爱将满腔抱负刻在湖面上
然后冲一壶龙井，清清，淡淡
清清淡淡直让人回肠荡气

灵栖洞

当我们的雨伞一朵一朵地收
洞中石葵就一瓣一瓣地开

洞中有水
水中有时间
时间一滴一滴，滴成钟乳
哺育一群蛰伏的小生命
有多少感叹滴溜溜在转

你可听见山山水水
在自己脉管中的跳动
步入无智之境，弄不清
什么为不朽，面对自然之神
人类只能缄口不言

在一切神话诞生之前
有太阳雨洒在你身上
有月亮雨洒在我身上

从冗长的睡眠中点醒我们
穿过一千年一万年
离生命越来越近，我们
便是最早获得灵性的两块石头
奔出洞口
一朵，一朵地开

在绍兴

夜半风起
真怕惊散先生的稿页
长出遍地阿 Q

真想惊动先生的目光
走出纪念馆
和我们一边呷茶，一边笑指天空
白日一张火辣辣的脸
怎的一个说变就变

想起昨天
人不说话，天不说话
天闷得人发慌
闷得笔尖差点生锈
覆盆子开无数朵血霞
老戒尺安详地等候
读书的少年已经过海

路过酒家
看生意愈做愈好
茴字愈写愈简单
便想起一篇中学课文，许多杂文
从薄薄纸页跳出无数的
闪电和投枪

这是在绍兴
从绍兴，明晨七点我们出发
从先生的旗帜出发

琴声

那只不能缺少的右胳膊呢
它没有回来
它和硝烟，军号，红旗一道
永远地留在了那座高地

手风琴
躺在洁白的病床上
键盘纵有一排皓齿，却不再说话
未来岁月纵有一道路阶
却失去了跋涉者

太阳和月亮轮换着将你陪伴
命运颠倒了夜晚和白天
而你终于让键盘的高低音颠倒
用左臂重新举起生命的里程碑
谁也无法相信
你是怎样将一个春天的风
灌进风箱

掌声和雷
一齐祝贺曾经消失的世界
又长出叶子和花朵
我要把你的音符拴在我的
苹果树上，让它发出雄壮的声响

新年电话

新年之晨，第一声唤我的
是你。我匆匆抓起你的声音
贴在右耳
我竟忘了向你说一声
早晨好，新年好

你银发飘飘从不戴帽子
没有帽子，照样绣诗人的雅号
如此这样你就能纵横你的草场
任你的雪青马奔跑
纵然受伤，卧下，你也是一座雪岭

雪峰上最美的动作，该是亮翅
如此这样你说该做一只鹰
可我说我既做不了马
也做不了鹰
我只是一棵负重的树

你说树也是能奔跑能飞翔的
它跨过的伤痕无人能比
它飞翔的高度无人能比
听着听着我哭了。你说哭了就哭了
委曲和软弱都是去年的事了
你相信我会坚强起来

新年之晨
我答应你如此这样去试一试

海

1
反复无常的任性的火焰
点不燃你
扑不灭你

越来越多的人和鱼
赴汤蹈火,把自己嘱托给你

2
我用那样的眼睛看你
那样呆呆地望你
我没有开拓你,只是顺从你
每一步被倾斜的命运推动
命运的方向是水的方向
水流往低处,最低处是海

我生活在你生活的尽头,在海
在海里是必然相遇的 滴
自由的元素,我飘动,我滑翔
我随风流荡

肩负不可忍受的诚挚的怆痛
俯仰烟波,风帆,沙鸟
钦佩与畏惧共生

我和你纠着缠着拧着挣着
重视你又无视你一切有形和无形
我被你百般揉洗百般折磨

相互悲悯而生恋情

3
幸运的人生
踩过不幸运的海滩
风挟着海滩一溜小跑
我们盛开的脸庞，四顾茫茫

送别，迎接，祈祷，哀悼
海滩将人心搓揉成沙

4
仅为一场沮丧的梦就信了灾难
爱着的人啊又胆小又怯弱
我的爱软中之最软
以至软到折不断的程度以至愤怒与敌视
也奈何我不得

一个岛围拢一口井
一碗淡水漂洗一汪海腥
波涛中跳跃的星子
是海的骨质放射磷光
海啊你在为我受苦
母亲乘一片残翅飞向空冥

有夜晚就该有家
有家就该有我
半裸渔姑的歌唱
徘徊于暧昧的温带
不知盼望什么但是她在盼望
不屈的盼望充满信心

折戟沉沙。即使这样
改道崇山你也是我的征帆
生命支付大半
能同舟共济，乃一千年修来的缘分

5
那么多鱼儿踩着波涛挥舞小旗为谁欢呼
海被我们剖开，又迅速合拢
并且不流哀伤的血
早霞的坟堆园

6
一副柳肩能承受什么样的使命
海上多风，我只相信命运的魔力

斑斓的血迹，骚动的峰群
一颗被错伤的牙齿让我触礁
激情呈杯状高高举起
你摔碎光杯溅开七级大浪
海翻动鳞甲，汪洋恣肆
我被风的长鞭一气抽打一千次
我突围，我破裂，我乘失败的帆翱翔
付出一生代价，不要救我
我宁愿在此时死去

这是人生的华彩乐章吗
让我昏眩于颠簸于窒息于其中吗
能贮存失败者的力量，是海的幸福吗

海拓我太宽

天待我太厚
独立苍茫，我倾盆地哭
啸然吐出心中抑郁

亚历山大，我是被你征服的世界
我是你胜利后最透彻的寂寞

7
什么你都思想过了
我不再有思想，海啊
你大度雍容，赫然，悠然
我小家情怯，怅然，凄然
你给我什么我就收下
你不给我我不生气
生活依靠力量而不是计谋
种种礼赞种种咒语都是多余

一会儿把最深奥的问题
说得人人都懂，当你教我爱情
一会儿把最简单的问题
说得人人都不懂，当你教我哲学

浑圆的无懈可击的海啊
亮丽的星辰忽然间不辨清浊
精神沉痛苦渡无边时，方想到祈求
想到向海起誓海啊海啊
请帮助我们，这无助的恒河沙数

8
在下午和咖啡之间，一辆三轮
飞快地跑，全然忘了收多少车钱

扔给我一个椰子吧
让我一层层剥开日月的壳
痛饮你饱满的奶水

给你椰子，给你香蕉
你紧握十指葱绿。迷我醉我
生命是一次次试探
一次次寻找独立又寻找依赖

两排棕色的眼光灼灼审视
椰子树羽毛舒展
凤凰木泰然自若
海啊受着你的保护我结彩垂光

9
月亮升起来了，一轮大圆套一轮小圆
从海底升起来了，从我涨潮的心
你的心停靠在我的心里
看啊太阳的镜子升起来了

绰约如处了，举北斗为杯满酌桂浆
洗濯过的生命你苏醒在死亡线上
心灵被擦拭而焕发光芒
大片大片开放吧我的月亮

我要征服你而不是诱惑你
我要你一直浸在月光的意境里
我要你上岸。没有岸
一对虫子从近壁爬到天边

有仙乐飘飘洒洒
有一颗子弹同时射中幼年
为何海上生明月,月如手铐
掰一块月亮喂鱼去吧我们!为何

圆月。继而缺月。继而粉碎的光华
生命就是如此吗我捣碎你
我捣碎你桂花的香味,捣碎你广寒的宫
广寒宫,你白色的宁静让我战栗

10
哪儿是归宿,我只崇拜路
一条路对于你是大道
对于我也许是歧途
就这样走入幻中之幻
走入玻璃镜永不出来
直至地老天荒,佝偻着拄月光来访

11
沉浮回转
又到了繁花如雪的季节
这世界死在自己的季节里
耍尽小聪明劫数难逃
一刀剪落的久远,又节外生枝

我被误会,被你有意误会
我轻轻掸去你的误会
舍去近在目前的岸
追逐辽远的悲怆

这世界最后只剩一叶扁舟

心心相印，志诚必逢志诚
咬破昨日的茧壳，我猝然辞别往事
请你原谅我又自尊又虚荣的感情

12

只要往日的天真
仍在你眼眶跳动
就不要担心破晓之前
有一场灾难让你心悸

大是海的深渊
天是一张必然要飞走的机票
只有颤动的珊瑚光
才是永不遗忘的温情

雪亮的海滩
一叠叠烙满野菠萝的齿痕
漩流哮喘着热望
我将随你尝遍人间的不幸

13

我匆匆赶到海边
发现十年前死去的我的躯休
我没有打捞，让它漂去吧
活着，死去，我都在海上

沉沉浮浮，都是生命的节奏
一种模式地出生
千姿百态地死去

潮汐干涸于前额

伟大的沉默卷走涛声
一个两千岁的老人说
坚硬的已经消失，软弱的还存在
以水纹的底座塑造人生
我的海，我与你浑然同归

14
那时，我敢于无愧地说
我拥有的一切都是自己的吗
当你再次成为气流远离我又弥漫我
当天空，海，和我，和你，响成一片

二百条海岸线层层逼近
逼迫历史到此结束
心已交给过份信赖的旅行
旅行已超越崇拜

由你开创的海由我种植的海
切开浑圆的海
无涯无际的力量涌来

爱赐我以生育的骄傲
大海滚动脊背赐我以皎洁
于澄明与纯青的境界
我充满自洁与珍珠蚌落的声响

柏林西

几个夜晚
我用辛夷木赶制一辆车子
用桂枝赶扎一面旗子
结果我还是骑一羽天空飞来

故宫的皇帝比我早到
已坐在广告牌上读德语
纷纷扬扬的小熊,绣满市旗
用前掌擦拭自由神的铜翼

我被三角镜分解成无数个自己
弄不清哪一个自己是真的
比别离更远比镜子更深
是一次记忆,我不敢
将所有的感情和意识交给电脑

抽象派油墨浓重洒泼
犹如钢铁碎片。又硬又烫的钢铁
从这座城市出发
在欧洲的肋骨上弹奏哀鸣曲

太阳哭出血来
又硬又烫的钢铁
最终又回到这里
将凯撒威廉教堂轰炸成艺术

艺术与我们共醉一杯酸葡萄酒
再用四国的餐刀切开面包

再往面包脸上抹果酱

一只丝袜翘着
顺电梯而上我踩响吊钟
惊叹你的华美和富有
却不知马克为何奔忙
咖啡为何失眠

黄昏时你约我去过教堂
听一片钢琴弹起巴赫
在幽蓝的光晕中
诗歌踏着上帝的脚印而受孕
并一起祈愿尚未出生的孩子
目光不再被山，被火，被墙
挡回来

胡苏姆

微小而谦逊的太阳
躲到哪儿去了,傍晚真冷

冷才能感到毛皮地毯的温暖
乡村,牙科医生家,橡树的门打开
中德作家作品交流会
声音的圆盘上
转动 1985 文字的星光

你的山毛榉黑色树干
摇响我胆怯的影子
上帝的圣杯伸手可及
唯一的祝福是
每一杯都要盛着他自己

我的一杯来自故乡
它沾满草叶,清纯而微苦
高贵的超现代视我为外语

这时你转身打碎香槟酒瓶
冰淇淋举着小伞
从胡苏姆一家小小的咖啡馆
赶到郊外寻找牙科医生
治疗被文学染上的病

没想到这位牙科医生爱写小说
他走到麦克风前
朗诵文字,如朗诵一排牙齿

红草莓

在你的弦上摘了一颗
我就成为你的歌谣
红草莓的歌谣

我和你只有一个太阳
六月的莱茵河畔的太阳
多汁的太阳滴出怀念
古典的少年维特似的怀念中的
红草莓

草莓有一棵菩提树
菩提树有一段被汽车扔下的路
路边有一个小酒店
小酒店有一张蓝餐巾
蓝餐巾写着很多草莓

你这小写的德语字母,多汁的鸟儿
你这穿越植物音波的红草莓
从一些陌生的名字起飞
成为另一片在空中飘动的
我的果园

正午的大麦地

一只金蜂蜇醒我的午睡

不断分岔的公路,速度在歌唱
老槭树善弹吉他
波罗的海的手指善作油画
一页一页被翻开
是正午的大麦地

分食过耶稣的身体
上帝的面包到处生长
正午的大麦地,人类香酥的胸脯
白丁香,紫丁香守护着面包篮
开始梦见夏天的啤酒

咖啡之歌

整个夜晚泡进咖啡杯里
走进一面奶质的粉墙
留下王子在石雕上受冻
留下郁金香继续忧伤
另一种文化的异香
全都融进杯子里

浓浓的咖啡，咖啡汁的月光
洒在语言与寂寞的开阔地
洒在拿破仑桥以及一日三次的鸡尾酒会
以及刚刚修剪过的草坪
落下祝福，祝福与咖啡一样好

这是金发旋转的夜，巴黎之夜
咖啡踩着一双银质高脚
兴奋的，惆怅的，放荡的，迷路的靴子
刚从高速公路和塞纳河边找回来
留给自己的梦太少
整盘整盘夜色转动咖啡

圣母像前

在祭奠你已不是一种罪过
才来祭奠你
这已是我不可饶恕的罪过
母亲,何时你被捏成石膏
伫立在雕花圆柱上,伤风的
大理石,忧郁的钟声
全都淹没在忏悔的眼泪中

泪被稀释,一切都过去很久了
又忆起它的美好
被太阳灼伤的岁月,向谁去诉说呢
我只能绕过细节与你说话
绕过你去的那条路那座坟
在月亮深埋的地方,把你找回来

在黑蝶围绕中的红烛
在巴黎圣母院
母亲你被捏成石膏,细腻,温柔
披一身漂亮的法兰西语看着我
你不是我身患绝症的母亲啊
你不是我衣衫褴褛的母亲啊

只有圣洁与受难的目光依然
挂在脖子上的灵魂
无声无息地呼喊着耶稣
而耶稣每一刻都在出生
每一刻都被钉在十字架上
母亲,谁能真正帮助我们

一个夜晚的感觉

我和你的倒影
一块儿在莱茵河畔饮水
文字与文字侧耳倾听
并吮吸彼此的油墨

将地平线抛过头顶
舞一条节日彩带。你的华美
已熏染我的目光,爵士乐一锤一锤
炸响夜色与牛排

椭圆的路环绕东西
一粒葡萄,已坠入椭圆的夏季
今生的我有幸已见到你
不幸已见到你,我无法抛开你
又不能真正靠近你。可知与未知
闪烁在明明灭灭的灯火中

裸体的风快乐地吟唱着
梦在出游还牵着一只狗
夜色开启,又缩进闭路电视
各色各样的声音脱掉睡衣

孤独时敢于不望月亮吗
荣耀时敢于拒绝所有鲜花和掌声吗
理解如水,偏见如墙
敢于逾越和奔流吗
地球是一粒物质的葡萄
一切都会亲近,一切又会陌生

远离你

现在,你才是我的远方
远离你
就觉得自己是最愁的人了

就想拨一个长途
听你的声音从那边传来
你就顺着电话线轻微地波动
布满我全身的丛林

就想早早地打开窗户
朝拜太阳升起的地方
东方,不可言传的东方
远离你,才感到你的神秘

在梦里翻开你的诗词
就担心今夜会不会有雨
雨水会不会淋熄我们的红烛
红烛点亮已有五千年
你生我已有二十多年

东方,不可言传的东方
我拎着你的花篮在远方
采回多少偶然,采回多少必然

一颗心活在自己的爱情里
一堵墙,转过身去看上一个世纪
许多相似的昨天重重叠叠
成为一种障碍

我走进你深深的皱纹
寻找开放与未来

云很厚
二十世纪前额结满电子球
我和你已走出六月炸裂自己

当我钻进一只钢铁甲虫
以每小时180公里的速度
在法兰克福呼呼地飞
当钢铁与玻璃的羽毛比翼飞升
当地平线退到不存在的地方
当不眠的窗口吞进今宵的月亮

我听到一只子规鸟
正站在远方的紫荆树上
招回自己的魂魄

第二卷

(1990—1999)

初稿

离痛苦太近
泪在杯中浮起
如汹涌的星星

将我们最初的悲伤
锲入一本书
文字的鸟儿，使石头啼鸣
使鲜花不断走出地狱

待痛苦结晶为药
发出微甜的回光
我们看见心中的恋情
像一轮太阳，返回纯洁的村庄

搁下杯子和泪水
取出初稿，蓦然悟到
可发表，可止痛，止血

生命寒流

八面风来,雨来雪弹子来
摧心折骨的悲凉
自颈椎,汩汩而下

无法摆脱的生命寒流,响彻肌肉
这个春季凝结成冰
柠檬树死在自己的花蕊里
我始终在一颗文字
一枚药丸内挣扎

闲置的笔
斜靠竹筒窃笑
妄图夺走我肩上的重负
那些惯于从水中游走的思情
有足无路,如蟹
急得大汗淋漓

即使心比天高,此时
也无法制止诗歌中乌云丛生
日光纵有万条长腿
又怎能逃出雷电追击

痛苦,这黑脸小妖精
不易杀死。它静静活着
活在骨头里,不露声色
它增生的小嘴唇不会亲吻
只会从里往外,咬

选择

前面有一只鹿

弓未拉直
箭镝便痴痴地垂泪

我当不了猎人
永生永世我当不了猎人

——那你就当鹿吧

梦中重逢

在一家乡村旅馆
没有什么预兆
母亲她径直就朝我来了

她脸色红润，年轻而健壮
且不穿平日的褴褛衣裳
这是我从未见过的母亲
我高兴了许久许久

年复一年
在往事中爬过来又爬过去
秋天，这巨大的空旷
多少怀念听不见回声

在我深深的伤口里
掩埋着亲人和时间的碎片

抵达天空的时刻
为什么总是夜半为什么人间母亲
总是劳碌而多病
只有在天堂才能找回健康

为什么年年岁岁
有数不清的母亲从树上飘落
为什么只能期待在月光的枝头重逢

画了一半的画

误入歧途的富于幽默感的钢铁
满蘸亢奋、刺激和现代意识的颜料
一群人，一群楼房，一群蚂蚁

大片大片天空纷纷倒下

肉体和阴影粘在一起
门窗和夜晚粘在一起
乌云和河流粘在一起

画家突然扔开画笔
他说：他不想因此而不朽
他不想用他的笔继续轰炸他的纸
大地般铺开的洁白的纸啊
只能种植鲜花和爱情

他渴望雪崩时节
草莓和婴儿的啼声将阴影撕开

货车箱里的牛

穿过岁月和铁轨
推开夜,轰隆隆驶进我的生活

从仅有的小窗伸出头来
一对牛角是我向你展示的全部信息
人啊,不要问我从哪里来到哪里去

我古朴而迟钝的角尖
挂满钉子和雨水
不能向你阐述未来
请随我一起
啃食这无尽的蓝天和苍茫

木质般沉重的历史
构成这重重叠叠的悲壮行色
不知是什么神奇的力量
载动了湖泊、山岗和我的名字

是生活的一夕之囚
和两滴小鸟的啼叫

老屋

老屋,搭在秸秆上的屋
此时它周身结满霜花

站在门前
站在沱江一样源远的瞩望里
篱墙内外,谁在喊我的小名
谁在悄悄应答

古老的麦秸
被阳光一遍遍涂抹
却不能为岁月抵挡风雨
我伸手就能触到春的浆汁
触到那一年心的痛处

那一年,1969
归来的雁声停泊在枕畔而我
失去母亲,瓜藤一样晃动的下午
漫天纸钱向黄昏聚拢

老鸡圈

夕阳折过身来
溜进养鸡的园子
我又去啄食日记里的文字

老鸡圈灿烂夺目
它崭新的笑意
来自这群清一色穿黑衣的女子

那领头的一只,挥动两只爪了
将找到的仅有的谷种、虫子
刨给紧跟着的小鸡

大姐,这只鸡多像我的大姐啊
大姐你老了,养育弟妹小侄一辈子了
就是有金米一堆,我们也不准你再去啄了

鸡圈旁石磨默默无语
它的凝视有如沉重民谣

往事

它一直忠诚地站在那里
像一间百年杂货铺
墙上裂痕,细致而凌乱
物品一件一件
全都蒙上令人着迷的灰尘

一朵躺在污泥中的花
早已停止挣扎
从地上从容起身,与我等高
它说:祝贺你,老了
老了好啊,老了才会认识时间
才有胆量心平气和与我交谈

一个人一生要中多少箭才算完美
人为什么不能像鱼
能避开所有暗礁

陈年稻草斜靠于店铺一角
它说:有些时候
做稻草人无疑是最好选择
不应战,不还击,不造武器
慷慨接纳一切箭镞
来年春天不用花钱买钢买铁
足够打制自己的铧犁

货柜顶层
压在我胸口的石头开始松动
它跨过门栏,不停地向前翻滚

越过沼泽越过峡谷越过沙丘
一直越过地平线

眼前一亮,豁然开朗
那嫩雪,就是存放于千年前的往事啊

成堆的落叶被我点燃,焚烧
一股寺庙才有的气味飘来
那是檀香。时至夜晚
临窗的一枝枯荷把月亮举过头顶

人和寓言

二月寒流之后
人又抽出嫩芽
它远远向我走来
通体发光的叶子
许是梦幻

受着神的荫庇
所以才成了树
牢牢站在地上
那枚金黄的梨，许是语言

它远远向我走来
一边走一边从肋骨里
掏出一件一件乐器
箫声苍凉，琴声浑厚，笛声悠扬
这个天才的演奏家
令世间万物充满感动

路途迢遥
它要翻九九八十一座山
它要过九九八十一条河
它要擒九九八十一道闪电
它全身伤痕累累
像打满补丁的帆
让我内心生满荒凉

我就这样虚构一个人
确切地说虚构一个人物

一个人物因苦难而深刻
因深刻而崇高
因我的想象力而日臻完美

朝日由黄变红
弥漫人的汗息，踏白云蹈东海
它就站在我的面前
伸出手，喊我的名字我多么惊喜

忽然间晴天霹雳
斗人的冰雹，卷走满山石头
人啊，这个人啊
它放出潜伏于心的一百头兽
横冲直撞，仿佛
虚拟的游戏世界血肉横飞

这样的情景，令作者和多数读者
猝不及防

更重要的是，我竟然
不认识自己笔下的人物
原来人早就发明了整容术
将脸躲藏起来

我怎么就没有想到换一种方式
这种手法其实很寓言，很荒诞
很有点黑色幽默的味道

童子街 29 号

路过童子街 29 号
不由自主往里走
走了几步,才想起友人早已搬家

大院,小屋,怎样的一间小屋啊
那时候,我常来,我们常来
长长短短的鞋,像大大小小的船
上午,鞋尖一律朝内
待调转船头,已临近傍晚

一句安慰就是一剂良药,一场拯救
那时候有人处于意志的低洼处
心痛如闪电,路一样蜿蜒
怎样的一间小屋啊
不足十平米,主人特别的慧
沙发特别的软

音乐,诗歌,泪水,叹息,还有书
太多太重,我们五个人
让一间小屋容纳满满三室两厅的真情
一株从死亡边缘走来的植物
奇迹般活了下来

对于其中一个人
那小屋就是一座庙
香烟袅袅,再过二十年也不会飘散
不能忘记那个时候啊!天空的门关闭了
唯有童子街 29 号,朝暴风雨敞开

现实主义的鸽子

目光对视的一刹那
我就知道我输定了

这群高智商的侵略者
眼里绝无侵略者的嚣张
只有婴儿样的混沌和单纯
甚至略带歉意

楼顶的鸽群小分队
偶尔一次视察我家
就把空调当卧室,花坛当客厅
阳台当训练场。乐不思蜀
赶也赶不走了

它们日复一日商议鸽派大事
把夹带干粪味的蓬松术语
扔得满屋都是

不文明,不节制,糊里糊涂
仿佛一直在自己生着自己
家族兴旺,早已超讨六朝十八代
白天衔橄榄枝象征主义飞进蓝天
黄昏现实主义落在阳台

赶不走它,抓不住它
它握有制空权。那就给药吧
做不到。谁又做得到
普天下没有一个人做得到

烦恼啊！它们为什么不是蟑螂、老鼠
偏偏是鸽子

说起来控制生育还是有办法的
曾随手捡过两枚鸽蛋
玉一样晶莹润滑的蛋，带着体温

可是我的心尖为什么发颤
像做错事一样
像偷了别人东西一样，赶紧放了回去

五年后，鸽粪锈蚀空调
入侵者卧室被拆卸
再没有一只鸽子回来看望旧居
烦恼结束。我的心巢，空了

在维也纳感受音乐

长笛一声划破鸟语
七只鸟儿,飞到白色树上
结满羽毛,结满悸动人心的果子

七个高高低低的儿童
双臂斜插月光,涉水而来
它们像在刺探
却没有眼睛

阿尔卑斯山连绵起伏
小提琴大提琴前呼后应
夜自一只铜管流出
淹没大片维也纳森林

触摸苍穹,音符们踮起足尖
七个数字组成生命的交响
反复咏叹,回旋,传递时空的化环

温柔时刻,殉情者
躲进七只耳朵哭泣
用一种特殊的密码交谈
暗示出语言的全部芬芳
七盏灯,伸向旷远和幽深

牧歌和颂词已长满青草
远方的手已接近管风琴
七个逃亡者,终于归来
从沙漠,从雪地,从宗教般的敬意和感恩

莫扎特

奥斯卡八项金奖全部给你
上帝的宠儿，莫扎特

像一片月光落地
像白色马蹄莲列队走上虹霓

让我乘草毯做的船去找你
乘金色四轮车去找你

你坐在钢琴和小提琴之间
一股圣洁的水流淌两百年，两千年
霹雳般的音符
卷过生满苔藓的篱笆和屋脊

萨尔斯堡
奏鸣曲已回到最初的胎音
歌剧院，用声音造型的圆顶
已穹窿般支撑起奥地利

在公墓，在塑像，在唱片邮票巧克力
无处不在，是你

而你离去的那个夜晚
斯蒂芬大教堂没有天使没有钟声
没有耶稣打开十字架
上帝的宠儿
在冰雪十二月的夜晚，没有上帝

只有弦上的路
凄凉而漫长，爬满黑色泪痕
只有音符的火光
象征宗教意义的复活

赞誉与金钱均在死后
荣辱悲欢均化为辉煌的纪念
没有上帝，也没有宠儿
只有永远的莫扎特
摆脱低眉俯首而尊严，而独立

维也纳敞开大门
直抵安魂曲最后段落
小径细沙闪烁
血橡树落下轻微的喁语

浮雕的小天使
一手执琴一手执铲
十八世纪种子飘散
开出一大片花的五线谱

市景

凡有树的地方就有塑像
凡有草的地方就有老人
凡车站地铁就有琴声

飘散的琴声
自巴伐利亚村民来
自吉普赛人来
自音乐学院学生来

一张琴盒打开放在地上
先令几枚,随你
扔,或不扔

旋律顺树干扶摇直上
榛树的叶子似蓝非蓝
云雀颤动不已,白桦滴下琶音

除了阳光,草地,花
还有什么值得任意享受
一群鸽子在草地咕咕地叫
起起落落的形体
漩涡似地发光

老人们七个八个
坐在公园的木椅上
拄着拐棍,拐棍就是家
家中应有尽有
就是缺少搀扶的人

星期日早晨素描

早晨八点
度假的周末尚在湖边
我走在繁华的玛利亚大街上
行人只有三三两两

教堂钟声,引我走进大厅
在静穆的烛光里
唱诗班,一群圣光中的鸟
飞向上帝占领的蓬勃的枝条

我欲乘一片羽翅
抵达女神的天空
从蔚蓝色的胸膛摘取一支弥撒

当弥撒穿过面包和玫瑰
我从祈祷的钟声里归来
走在玛利亚大街上
行人还是只有,三三两两

早餐

一边喝咖啡一边看电视
一边用餐巾沾沾嘴角
先生们女士们,姿态何其优雅

一个老人从荧屏落下
落叶一样落下。活着的只是脸
被炸断的四肢似在旁观

阳光斜插入花瓶
这一天血流在南斯拉夫
血流在索马里流在柬埔寨
白黑黄三种呻吟,在一样的猩红里挣扎

那些战栗的手
与窗外塔尖上的玫瑰何其相似
那些抽搐的脸
与桌上涂满黄油和果酱的面包
何其相似

面包一身鲜艳
吸引我步步靠近
靠近人类的第一片需求、同情和良知

临坐的女士
示意主人将电视关上
此时她正斟满橙汁
优雅而漠然地,切开第二片面包

维也纳的马

鼓声点点
如儿童的脚步踏过苔藓
踏过 1993 艺术节
风的小蹄,任意捅开一扇窗口
就有一汪铜管乐涌来

维也纳
骑在白色的马背上,跳跃,旋转
倒踢紫金冠

一抹飘忽的鬃毛
银月般掠过欧洲
掠过全世界的镜头

维也纳,一匹精致的白马
近似于瓷,于玉
会跳芭蕾舞的马
散发着骨子里的贵族气

它们早已不吃山坡上的青草
不饮山涧溪水,不懂风暴不懂驰骋
它们是养在皇宫旁的马
吃沙拉,喝咖啡长大的马

汉城

有一张同样被称为黄色的皮肤
叫汉城。有一件同样的丝绸
走在异乡的大街上

汉城,我和你是同一种儒学
喂大的青草。碧绿,谦逊
一枝一叶,写满东方礼仪

你最早的祖先跨过阿尔泰
最早的文字漂过黄海
最早的檀君,借神话
把一头熊变成了你的母亲

太阳一早爬上我的二十九层高楼
黄昏时落进青花瓷盘
一盘历史,依次搁着高句丽百济新罗朝鲜
果实甜美,内核坚涩

我在汉江清澈的品质里
看见你几千年的倒影
在绿色的瞳仁,看见你的洁净和典雅
我拨响你的风声鸟声和琴声
唯缠在腰间的一弦,三八线
不敢去碰

在韩国高速路上

掠过车窗
青青的一抹是我诗歌的颜色
先生,这条高速路不用翻译

丝一样的光纷披在我肩上
先生,我就成了灵感和语言
成了隔壁邻居家的鸟声

我的手臂已长满韩国稻谷
呼呼的风声
已吹高中国汉语

方块字微妙的情致
先生,你懂。美丽方砖
你能写,能意会
你还准确地知道哪一块砖
该砌在哪里

就是说不出说不出
先生,快找出纸来,笔来
我们急切的心情需要交谈
我们用汉字来造桥
在韩国的高速路上
我们加大马力往前奔

你写一句,我写一句
从汉城到大田
一路洒满汉字墨迹

在韩国用餐

餐桌长满鱼类和树叶
杯盏彬彬有礼

主客盘腿而坐
吃生鱼片的海味
吃树叶夹烤肉的山味
吃古朴的民风

兴之所至
女侍们拨响伽耶翩然起舞
仿佛一首乐府,浸在水里
散在空中

顺着高丽参的根摸回去
仿佛摸到中国汉朝
摸到祖先的鼻息

满口笑声。我们
在一种远而深的文化里
端正坐姿

穿过日本海峡

哦，穿过日本海峡
万紫千红的诗歌闪动如鳞

在多雪多天鹅的北海道
在多山多舞女的伊豆
在前桥的月光下

各种肤色的文字
挤进一只盘子里
一颗颗又黄又黑又白又香

市政厅门前的广场
鸟儿跳来跳去，一如热闹的动词

道路嗡嗡作响
花瓣纷飞
一如穿和服、摇碎步、读俳句的女子

满世界诗意盎然诗人聚集
围困在语言的礁石中
难寻一二知己

月下的樱花

月下的樱花
一座银色浮雕
我想起冰美人山口百惠
电影绝唱

她柔软而纤细的哀愁
仿佛日本的象征
男人应召入伍,在异国他乡
正用尖刀品尝另一种花朵的血

没有等到他的归来
樱花早早地谢幕

樱花樱花
淡红色肉汁流进历史
整整一个世纪的痛苦
就在那样的绝唱里
那样丝般的情愫里,荡着

尤加利树

干渴的澳大利亚
十二月火红的舌头

尤加利
树木中最纤细最坚硬的女子
心被掏空。半截燃烧后的树桩
像野兽派画家的临终遗嘱

从墨尔本到企鹅岛
列队迎接我的是这群匍匐而不倒地的
黝黑肢体

在特别蔚蓝的天空下
在袋鼠色的旷野

画面中残存的手指突然微微一颤
是痛？是痒？是语言和血
还在你身上活着？灾难中的尤加利树
请告诉我

一种强大的存在
和我们遭受火灾或雷击的昨天一个样
许多年后，还向四周放射出
木头和烧焦的气味

黄金海岸

一大堆金子
南太平洋捧出亿万家私向我炫耀

被一些发光的物质托举着
我向它走去，飘飘的，不用四肢

我努力地想
这是第几次来到大海
为什么每一次都像刚刚从海里诞生

在南纬40度的海边
我又回到鱼群中间
像树叶又回到树叶中间

这么多舢板，冲浪者，这么多赤条条的
无负重无牵挂无羁无绊的人

黄金海岸
如果你真是黄金，这一切就没有了

新西兰

人还未到鼻子先到
刚步出飞机舷梯口
就闻到一股浓郁的草香

满怀元气充沛的种子
破土而出，就是纯朴的民风
地球上，哪儿还能找到这样清洁的草
哪儿还能找到这样幸运的牛羊

小小的国家，辽阔的视野
那些把头垂下去，悠悠然啃着时光的
近看是牛，远看是虫
极目处是静谧和安详

不用带我去看庙宇看教堂
在这里，牛是上帝，草是天使
爬过牧场栅栏
是新挤出的奶味月光

认识两种颜色

当一个民族被高原的风
染得又红又黑
我才初步认识红与黑两种颜色
在祭台高搭的铜鼓之乡
拥抱我新的姐妹
旋转成太阳的轮子

让我拜一只鹿，为仙
拜一只虎，为神
随它们越过苍茫
在金光里扬起四蹄
迎面而来的酒
仰天而啸的过山号
以及频频掀起的罗罗裙
我充满感激

我要到岩石一样沉重的夜色中去
到今夜的篝火中去
到跳动的彝族文字中去
与这群光焰四射的人
手牵手跳舞，从容地
接纳生活的全部欢乐和苦涩

我要和他们在一起
连续跳上七天七夜
在对火焰与夜的崇敬里
继续认识红与黑两种颜色

诗人之家

沿着叶脉走了很久很久
在这个不朽的五月
诗歌找到自己的家

用松针铺一条回家的路
用虎头丝线作回家的缀饰
作飞越万里的小小的神

在一些亚热带的鸟翅上
在一根黝黑发亮的弦上
在一只牛角杯
杯沿开满杜鹃的啼声
在捣碎的青豆汁里,在楚雄

家里有火,诗歌
不敢轻易说冷。家里有酒
诗歌不敢轻易说愁
家里人的眼泪都埋在树下
浇灌紫溪山、狮子山庞大的根系

在离诗歌最近的地方
永远放着万世万物的恩惠
这才有了诗人,披挂上帝的犀斗
从木头、酒香和燃烧的意境中
冉冉升起

与泪相逢

我是想起了什么
或者什么也没有想起
我就这样莫名地流泪

为台北的细雨流泪
为阿里山的清茶流泪
为葡萄园或其中的
一颗两颗三颗
流泪

我的泪穿白云过海峡
历经千辛万苦
才和另一滴泪相逢

里面,在一滴泪的里面
甚至在一滴泪里面的里面
我再次看见
泪在寻找,泪在倾听,泪在哭泣

快乐的涵义太多
而哭泣只有一种
眼泪使我们彼此靠近

波涛里的叶子

一片多山，多水，多树的叶子
一片多雨，多台风，多地震的叶子

地震震不掉的叶子
台风吹不走的叶子
雨和泪分不清的叶子

一场雨从台北下到台南，从天边
下到屋檐。迷迷蒙蒙地下
断断续续地下，酣畅淋漓地下
打湿我直到浸透我的叶子

一片飘逸的东方心性
深邃的叶脉与我同根
一片叶子，用鸥鸟的翅膀飞翔
用大海的肺腑呼吸
一片镶着花边，波涛里的叶子

被发光的和黯淡的历史运载着
一片叶子，明丽而沧桑
一片因疼痛而惊醒的叶子
我们相互企盼着，呼唤着
呼唤亲人一片叶子

暴雨过后，天空亮如瓷盘
一片溶化于蔚蓝的叶子
生生不息，还将一千年一万年

由孩子们吟唱的叶子
高山青，涧水蓝
当新的季节带来新的雨水
新的雨水带来新的芒果和荔枝

百年之约千年之约

光的剪影，全然不顾
我惶恐不安的心情
来不及打点行装
一轮大循环，向我转身

二十世纪对我
有老家的感觉
陈年老酒的感觉
朴素、芬芳而且温暖
而我不再是果园女工
不再是青年诗人

那些拉车的日子
血与泪的日子
能听见花蕾喘息和汗水倾泻的日子
荆棘纵横，草色清香的日子
多好哇，我能够说
曾与一群苦难而执着的人
一起创造过那些日子

现在我要告别那些日子
把惆怅和怀念留在心里

现在我要迎接新的日子
同时穿越一百年和一千年的日子

我在阳台铺上红地毯
用几盆新栽的兰草、玉树作仪仗队
带着白发和皱纹,诚实和善良
如此幸运的百年之约千年之约
我只有这些,我就用这些迎接你

第三卷

(2004—2009)

柠檬黄了

柠檬黄了
请原谅啊，只是娓娓道来的黄

黄得没有气势，没有穿透力
不热烈，只有温馨
请鼓励它，给它光线，给它手
它正怯怯地靠近最小的枝头

它就这样黄了，黄中带绿
恬淡，安静。这种调子适宜居家
柠檬的家结在浓荫之下
用园艺学的话讲：座果于内堂

它躲在六十毫米居室里饮用月华
饮用干净的雨水
把一切喧嚣挡在门外

衣着简洁，不懂环佩叮当
思想的翼悄悄振动
一层薄薄的油脂溢出毛孔
那是它滚沸的爱在痛苦中煎熬
它终将以从容的节奏燃烧和熄灭
哦，柠檬

这无疑是果林中最具韧性的树种
从来没有挺拔过
从来没有折断过
当天空聚集暴怒的钢铁云团

它的反抗不是掷还闪电，而是
绝不屈服地
把一切遭遇化为果实

现在，柠檬黄了
满身的泪就要涌出来
多么了不起啊
请祝福它，把篮子把采摘的手给它
它依然不露痕迹地微笑着
内心像大海一样涩，一样苦，一样满

没有比时间更公正的礼物
金秋，全体的金秋，柠檬翻山越岭
到哪里去找一个金字一个甜字
也配叫成果？也配叫收获？人世间
尚有一种酸死人迷死人的滋味
叫寂寞

而柠檬从不诉苦
不自贱，不逢迎，不张灯结彩
不怨天尤人。它满身劫数
一生拒绝转化为糖
一生带着殉道者的骨血和青草的芬芳

就这样柠檬黄了
一枚带蒂的玉
以祈愿的姿态一步步接近天堂
它娓娓道来的黄，绵绵持久的黄
拥有自己的审美和语言

寄书

今天我把书寄给你
把童年和青年塞进信封
把一座果园寄给你
落叶般泛黄的散文
就要登上火车,轮船
激动而忐忑不安
去见它想见的那个人

旧作,全是旧作
那些并不精致的词,无法更改
一张纸,除你看得见的
不再有别的意义
请你原谅
文字如草一样简单

梦很薄,却要练习写梦的人
妄图把黑夜当作绸缎
把苹果当作太阳
苹果之外的光芒
挟着风雨和石块而来
往事苦难,温馨,同时还愚蠢
你随便翻翻
千万别当成书来读

飘在空中的落叶

一片飘在空中的落叶
一只尚未落地又无法高飞的鸟
一滴来自虚空
扑向大地心灵的寒冷

一朵微微闭合的嘴唇
亲吻秋天辽阔的面庞
从第一声幼芽的啼哭
到告别枝头
曾经一望无垠的时光
在一刹那

飘。极尽辉煌的飘
只能用思绪去靠近它,抚摸它
用慢镜头去拍它
它谢幕的姿态
多么从容,镇定,优雅

历经万紫千红的旅行
就要静静地到达

老姐妹的手

快去看看这双手
这双沾满花香的手,亮丽的手
蝴蝶一样围绕山林飞舞和歌唱的手
卑微的手,苦命的手
被泥巴,牛粪,农药弄得脏兮兮的手
树皮一样,干脆就是树的手
皲裂,粗糙,关节肿大
总能提前感受风雨的到来

生命的手,神话中的手
满手是奶,满手是粥
一勺,一勺,把一座荒山喂得油亮亮的
把一坡绿色喂得肉墩墩的
连年丰收。这双果实累累的手
年过半百的,退休的手
当年的名字叫知识青年

其实并没有多少知识
一辈子谦逊地向果树学习
渐渐地变得像个哲人
懂得该开花就开花,该落叶就落叶

但是这双手还是哭了
不悲,不伤,不怨,不怒
不为什么大事就哭了。快去看看它
看看一池子黏稠的暗绿色汁液
原来是漫山遍野的叶子哭了
这双空空荡荡的手

不干活就会生病的手
被休闲，旅游排斥在外的手
即将被考古的手！紧紧抓住
根里的阳光

断了

老姐妹告诉我,断了
四十年枝枝叶叶
在一个下午嘎吱一声断了
被两万块钱买断了
大额两万块
区区两万块
果园姐妹与果园没有任何关系了

我听见我挂满鸟鸣和雨水的天空断了
骨头,根,断了
我的芬芳,我的气息断了

林中

林中
她情不自禁打开全身呼吸
任一种液状的光灌进去

热热的,小虫虫爬过痒痒的
回肠荡气的感觉
从头顶直到足心

真好
一滴汗,一滴善,一滴纯
毕生不能没有的一滴之轻

她如此沉浸于自己的忏悔
她在外面世界转了多久
全身裹满多少灰尘

果园诗人

最后我发现我更愿意回到果园去
回到柠檬、苹果、桃子、杏一样的人群去
沿着叶脉走一条浅显的路
反复咏叹，反复咀嚼月光和忧伤
我深深地明白，这片林子是和我的青春
一起栽种，和我的幸福一起萌芽的
就是再次把血咳在你的花上
把心伤在你的树上我也愿意
曾经以为仅仅作你的诗人，太小
这是何其难得的小啊我又是何其轻薄
果园，请再次接纳我
为我打开芬芳的城门吧
为我胸前佩戴簇新的风暴吧
我要继续蘸着露水为你写
让花朵们因我的诗加紧恋爱
让落叶因我的诗得到安慰

一滴水

从岩石缝中滴出，从野花香中滴出
一滴，就那么一滴
成一碗水
成果园里最小的湖泊

滴状，透明的滴状
看不到飘浮的岚气，看不到
古树的木纹

滴状，简单的滴状
相像的一滴
间距很好的　滴

滴状，多一滴就成线状了
多一滴
我的骄傲就溢出来了

永远的一滴
琴弦拨动的一滴
树根珍藏的一滴

黄河都可以断流
它为什么不断
神明的一滴

为了这一滴，它汹涌澎湃过
挤痛过内心的大海
它是石头中的泪啊，一滴

你的生日

今天是你的生日
而我确信是一棵树的生日
我用一首老歌，为你点亮八十根蜡烛

我确信烛光高过云霞
是那个时代的苹果花
是你珍藏一生的财富和爱情

当岁月依次走过四个季节
茫茫小树也年过花甲
在落叶中渐渐学会回忆，才想起当年
十五岁不知道三十五岁同样年轻

芳香漫溢的年轻的树啊
从大山骨缝里掏出来
灼烫的根向泥土深处掘进
用尽了一把锄头、一根扁担的全部力气
为子孙换来一座金果园

已经没有多少目光
还能注视这些人，居住在
贫困、病痛、苍老里的人

但是无法不走近树
这些树枝繁叶茂，正为大地提供绿荫
为抵御连体伤痛，这些树啊
在风中抱得更紧

仍然把桃花节当作婚礼来办
把葡萄节当作生日来贺
把蓝天，把泉水，当作嘉宾
我们，仍然可以无愧地向生活昭示
我骄傲，我有满满一座山的树

现在，请大家在烛光中，转过头去
果实满山，正用金黄色贺辞
表达赞美。这时我一定要对你说
老书记，有着八十道沧桑年轮的树啊

你的天空，缙云山的天空，已储满
春天和雨水。风吹过历史成为花朵
生命正从一片新叶返回

悼念一棵树

你和我面对面站着
站着，你却死了。站得笔直地死了

死在秋天即将来临
整座橘山就要点亮节日的灯盏

死在战争结束前最后一次冲锋
最后一颗流弹，不幸将你击中

树啊，四十年相依为命的亲人
四十年狂风，暴雨，连同我为你嫁接的
四条假腿。一起死了

多少谬误，多少伤害
你为什么不清点，不抱怨

你死得笔直。却让我真真切切地
感觉到痛。让挽歌低下头来
捂住胸口。让我的命跟着断了一次

树啊，我曾请求上天给你快乐
给你悲伤。给你酸。给你甜
给你四个季节的血肉

树啊你曾铺开全身的鸟鸣
上万张绿色的旗子颤抖着
泪流满面

现在,你死了。种树的人
还有什么可以向生活炫耀
向生活交待

你死了。请把枝头几粒干瘪的红果
留给我。把你一生的积蓄留给我
你玛瑙一样的品质已成稀世之宝

现在我就摘了
当你芬芳的尸骨上升为虹
我手心里的石头也将重新萌芽

挂在树上

春天的电话线
直接通向灌浆的青藤
老姐妹在那一头下着春雨
"开花了,快回来吧,果园又添新景

漫山的桃树,柑橘树,枇杷树
还有长长的葡萄架上
都挂着你的诗"

电话这一头,激动,欣喜
泪水涌出来,漫过脚背
张口结舌,只会说好哇,好哇
怎么会这么好哇

日本电影有幸福的黄手帕
台湾诗人有刻你的名字在树上
我立即想到它们。那只是一棵
而我,幸运再次降临
我获得满满一座果园的爱情

我只想骑上光芒四射的云朵
穿过辽阔的词语
一秒钟就回到果园硕壮的根须

我只有在树上
才能抵达真正的秋天
我的诗歌只有在树上,才可能是植物
而不是植物标本

以后,诗句将由花蕾的嘴唇去吟诵
将由树汁年年输入新鲜血液
这是泥土发给我最绿色最环保的奖牌
有了这些,今生今世,我还需要什么

花甲女生

一大早我就敞开胸怀
从里到外推开六十道门
放出六十只雀鸟飞向山林
一大早就开始清扫
全身挂满消毒水，塑料袋
我要清扫整整六十年的垃圾

不寻常的一天，我进入花甲
生活残屑遍地都是
名利的毒进入血管
我早就应该为过剩的营养脱脂

把过期奶粉、油、糖
和过期的荣誉统统倒掉
还有杂念。让瓶子都空着
在墙上多凿几个窗子
让屋子和心灵一样通透起来

现在，空旷的屋子盛满光明
我把客人请到沙发坐下
客人就是我自己。我说喝吧
这杯柠檬水，六十年才慢慢泡淡
化解了所有的酸，所有的苦
留下满口芬芳

我说秋天已脱下盛装
能一点点触摸到生命的冷
岁月两鬓斑白

日子一天比一天昂贵
要缅怀一次青春,请付费

开始吧!从老年到青年到童年
揭开一层一层时光
为什么伤口和血、肉还粘在一起
你的自愈功能真是太差啦
这世上哪有时间治不好的病
你,就是你自己的病根

如此说来还需在房屋一角
放一张忏悔椅。一个不懂得忏悔的人
是不允许进入甲子之门的
当品德的意义穿透铁甲
请慢慢体会幸福的容器有多大

你属草木
上天赐你一双不具攻击性的植物的手
柔而不弱,贫而不贱
掩映在盘根错节的紫藤中,注定
只能探寻泥土,石头和飞鸟的踪迹
与一只甲虫亲密对话

你还像十六岁一样热爱花朵,热爱美
你苍老的躯干因热爱而战栗
还会为读到一本好诗集
彻夜不眠,眼含热泪
我说你呀你这个花甲女生
令人耻笑?有什么可耻笑的
你敬爱的郑玲姐姐都可以做耄耋女生
你做一回花甲女生又何妨

谈话至此，杯水一滴不剩
你听得一脸茫然
我的光荣退休的老同志哎
原来心智尚未发育健全
那就简单说吧
花甲花甲，就是开甲等的花
花开在春天，你在起点

我爱你，孩子

我爱你，孩子
在这花枝勃发的春天

一颗肉胎立于阳光之下
你生命的形象，原是一团旋转的星球
隆隆地走过冬天
走过新世纪的天空和海水
你饱含乳香的茸毛
是时间的嫩芽

你生命的露
使人类的草地更绿
远远地，我向你招手
你黑亮的瞳仁具有最大的磁力

孩子，我能现在就抱一抱你吗
亲一亲你满脸稚气和朝晖吗
孩子啊你正一步步向我走来
我的生活因你而重新焕发植物的光芒

让我们回到三岁吧

让我们回到三岁吧
回到三岁的小牙齿去
那是大地的第一茬新米
语言洁白,粒粒清香

回到三岁的小脚丫去
那是最细嫩的历史
印满多汁的红樱桃

三岁的翅膀在天上飞啊飞
还没有完全变为双臂
三岁的肉肉有股神秘的芳香
还没有完全由花朵变为人

一只布熊有了三岁的崇拜
就能独自走过百亩大森林
昨夜被大雪压断的树枝
有了三岁的愿望就能重回树上

用三岁的笑声去融化冰墙
用三岁的眼泪去提炼纯度最高的水晶

我们这些锈迹斑斑的大人
真该把全身的水都拧出来
放到三岁去过滤一次

一封信

凌晨四点,我在给你写信,玲姐
你的诗歌打败了我的睡眠女神

我异常清醒地看着你
从自己的独木桥走来。桥搭在云端
命运如骤雨降临,且带着雷霆的灰烬
这时我的信浑身颤抖

当诗歌一首接一首从桥下的深渊出发
背负着你始终不肯扔掉的苦难石
我的信已经大大超重

有一只关关冬为什么叫个不停
那是从泪谷升起的光明
这时天边亮了。我的信亮了
而你躺在手术台上

少写点诗吧,多休息,玲姐
你说写诗痛,不写更痛
这些痛出来的诗
闪电般激活我全身筋骨
激活我文字的神经末梢

我的信啊
你该懂得有一种疼痛美得惊心
有一种光芒在寒冷的深处

那么玲姐,一起去珠海吹吹海风好吗

像从前那样,我们两个住一屋
我会照顾你按时吃药,我会
把你散落在书桌、床边、墙角的力气
一点点收集起来,放回你的身上

我还会自己做一次邮局
做一次信箱,做一次送信的人
让你在开门的那一瞬
惊喜得像孩子一样手足无措
不知该先看信,还是看我

唤醒你的羞涩

天琳,我突然发现
当你盘子里蛋糕已装得满满
你还在拿。你的手指
好像习以为常

我还发现,当你爬上枝头
总想去摘最红的那一个
你的手指好像理直气壮

从前你不是这样的
从前你的手指像一位古代仕女
拂袖,掩面,些微的不好意思

从前你白天扛大锄,流大汗
夜晚独自钻进果林
练习用花瓣造房,月光造桥
美丽造句

现在,一只鸟
翅膀的愿望已十分微弱
一条鱼,身体的鳞片正一层层消失

你是诗人,触觉渐渐钝化
而羞涩正是一种触觉。所以天琳
我要唤醒你指尖的羞涩

我要在你房前屋后种一些含羞草
让仙丹般的香气

时时在你骨头里走动

让你变得谦逊一些,踏踏实实一些
明白自己对万物常有亏欠
你就会知道什么能要什么不能要

出书

谢谢你对一个退休老编辑
能有这样的想法
谢谢你的想法

你说要为我出一套书
不行,很惭愧我的作品很少
你说那就厚厚一本
不行,要那么厚干什么

太厚就不是书
就是印张和码洋
对不起在出版社工作久了
竟生出这种怪异感受

我承认,书桌上时光堆积
但并没有把我变得深厚
相反,一支笔越削越短
一张纸越磨越透明
一张脸天天洗越洗越薄

能出一本薄薄的诗集
能在我的句子中找到几枝桃花
珍藏几声鸟鸣
我就如盛满果实的竹篮
无比的心满意足

什么?你说九年前出的那本?别提了
那时就想厚,就想精装,就想硬壳

结果丝毫没有增加诗的重量
说不定被人悄悄扔哪个垃圾筒了

谢谢你能有这样的想法
过两年或三年，我把稿子交给你
就像我的欢乐，从未超过四个印张

在出租车上

是什么让一辆出租车如此感动
在这个夜晚,路湿锦官城

两位阿姨,彼此称呼小黄小傅
其实均已年过古稀
那样的悄声细语啊
那样的潺潺水声
急切地,又是沉缓地,从后座传来

她们相互倾诉着,聆听着
那些旧事忽明忽暗,忽远忽近
旧得无可替代,旧得令人尊敬
旧得发出新鲜的阳光香味

曾是两名志愿军文工团员
从小在一个学校读书,一个县城参军
一颗照明弹,为她们
隆重点亮第十五个生日

她们就是这样进入青春的
满怀保家卫国的壮志
歌声被风扬起
炮火硝烟是那个时代斑斓的云

出租车通过红灯,黄灯,绿灯
一个拐弯,调头驶向上甘岭
在一部磨损的黑白片中穿行

刚满十八岁，其中一个
独自躺在手术台上
却把身体中几节骨头留在了异乡
两位阿姨一别就是五十年
五十年爱情与荣誉
五十年沧海桑田

现在，她们一个是将军
一个是残疾军人
一样的秉性高贵
时间在锈过之后磨出光亮
一样的璀璨夺目
英雄儿女王芳的续集
两种版本，一样的瑰丽动人

带着巨大回声的疼痛，历历可见
而后座的声音依然那样微小
多像这个夜晚的细雨
浑然不觉，出租车已是满脸泪光
笼罩于茫茫水雾之中

两位阿姨，还有她们孙子一般大的司机
像是坐在自家客厅
跨越三代人的沟壑
驶入无人之境高远之境
这个夜晚怎能用路码表来计算
年轻司机坚决不收车钱
感动更兼细雨
给他和他的车都作了一次洗礼

墓碑

我逆血而来
看望九百九十九座坟茔
我的天空呼啸着淌泪

满眼墓碑
赠我众多儿女的名字
母性悲恸无声
我怎能体会四月在这儿的残酷
怎能咀嚼红土和蕉叶的火焰
怎能抵御箭茅草异样的体香

这些年轻的墓碑
十八九岁的枪支
像从土地长出的庄稼
刚刚拔节，灌浆
来不及收获就倒下了
我想，他们和它们
有如人的信仰和枪支的宗教
已合为一体
共同的沉默公式和牺牲法则
讲出了夜是自己的
白昼属于花鸟

我站在巨大的伤痕里
阅遍天体和掩体
我听见灵魂附在耳边说
士兵，是短暂而不朽的亘古式枪支
枪支，是英俊而潇洒的亚热带型士兵

士兵在光荣的深处
枪支在艰难的壕堑
相互拥抱,追溯彼此的起源

此刻,凝固的血
以新的平静汹涌
坟茔佩戴着新的露水和鲜花
为沉思而沉思
战争一身鲜红地流入苍翠
灌溉历史
无愧于最高的山峰
而我诗的坡度
始终难与痛惜平衡
万古青苍之下,哀乐轻抚
流水潺潺
我相信每块石碑都在倾听

我现在的海

我不知道那条船只是我暂时寄生的
不知道行走的海只是皮肤表层的
浪花来了,鸥鸟来了,帆来了
偶尔的六级大风来了
在颠簸和呕吐之间
以为拥有了海,这是错觉

我不知道,海还可以从天空
倒扣下来,不知道黑暗的一鳞
可以遮蔽日月星光
我有眼无珠,狼藉不堪
想起风云不测的古训
已为时太晚

不知道沉了多久,沉了多深
一根鱼刺深深刺进时间的肉里
我不知道锈迹斑斑的自己
已经成为海的一部分
如果不能为生命增添斑驳的一笔
我就辜负了我现在的海
我,甚至不知道

我喜欢的女孩

有一天你穿着紫色衣裙在门口等车
我看了你很久
我对同事说：我喜欢这个女孩

我想这个女孩一定来自于花朵
应该是紫薇。羞涩地，开细碎的花
一朵在纯洁里养大的花

纯洁，人类最美的女儿
最容易受到伤害的小女儿

我曾无数次祈祷上苍
请爱惜她们
大地污染严重。那些纯洁的花朵
还有青草，树，多么不易

你是否想过要做一只鸟
在腋下，我们都藏着自己的羽毛
只是用于幻想。平时不能动它

而你仙女般纤细的手臂颤动了
丝绸一样薄薄的羽翼展开了
带着光线、芳香和一万个迷惑
朝着不该去的地方，你飞出去了
瞬间，太阳熄灭了

你告别悲情弥漫的正午
从人生的现场全身撤退

这一刻,天空才是最深的深渊

我喜欢的女孩,我想对你说
即使身处绝境,退后一步,两步
顶多三步就够了。你四处找找
在峡谷,在波峰,在石头缝里
你一定能取出打开迷途的第三把钥匙

为什么不去找找就放弃了呢
真正的苦难你还没拥抱过呢
我喜欢的女孩,一生中最大的错
莫过于让家里时钟停摆
让亲人佩戴青纱,挥泪吻你的衣裳
可是我能责备你吗?责备让我更加心疼
我甚至不愿用一个黑色的字
黯淡了你的面容

在即将上路的前夜
让我为你点亮烛光,清扫路面
我要像送别天使一样送你
你永远是那朵迷我魅我的紫薇
不要忘了,把一座园子带在身上

毛笔信

毛笔信到达的时候
天已经黑了
就让我和你一起黑吧
一直黑进酽酽的夜色

很高兴能做一名近墨者
守候在诗意洇漫的边缘

难得你在躁动不安的市声里
还能气定神闲
写四页蝇头小楷
满纸氤氲,一字抵千金

在夜里静静倾听一缕毛羽的
娓娓述说,令人感动而且陶醉
忍不住伸出手指
跟随你的一横一竖一撇一捺
触摸笔墨的肉迹

这样漂亮的字啊,都临过多少碑帖
练过多少剑舞
蘸过多少六朝的月光

信,你也许想不到
你让我读出一点植物生长的节奏了
一点云雾状的紫色、蓝色、乳白色
一点精神、一点气象了

也许仅仅一点
就会让一个愚钝的人
拨通千古灵犀

用毛笔写信的人如今还有多少
还有多少人能收到珍贵的毛笔信

黛湖

谁给你取了这个古典美女的名字
让你安静地躺在山峦
纯粹但不感伤
告诉我，黛，是一种什么样的情愫

风送来淡淡草腥
吹皱你同样古典的一身绸缎

没见过比你更小的湖了
焦渴的路人，一口就可以把你喝光
可是谁测过你幽深的目光，幽深的绿
幽深的令人信任的绿

当妄自尊大在空气中膨胀得快要破裂
你远离尘埃，小得超然物外
绵延千里的缙云山
在你平和匀称的呼吸中，灵气往来

在这样的湖边走一走
那些堵在胸口的事情，无论
多么沉郁多么浓重多么了不得的痛
都一件一件化淡了

船

船都属于水族
船都长着腮,摇着尾鳍

一只高大而俊美的船
一辈子不下水,还是叫木头
或者叫铁

一只沉船,一堆海底碎片
有人打捞或无人知晓
它都叫船

船的使命
是延伸陆地的目光
把陆地的梦想一千次举向浪尖

水域那么诡谲
所有的船
都踩着深深浅浅的命运

所有的船都伤过,痛过
残肢断臂过
从船体刮下的鳞片,是痂,是斑

船最怕岸
船的小名叫河
船的大名叫海

气息

对于万事万物的感知
我想应该用鼻子

用鼻子闻闻
就能分辨南北东西
就能嗅出是花蕊还是针刺
不要相信眼睛,也不要相信嘴巴

比如脸,可以整容
声音,可以化妆
情感,可以换了新衣再加外套
而气息是真实的

比如另一种红,钢铁熔化
另一种丁香白得像雪
另一种关怀从冬季走过
唯有气息,能让我认清

我相信气息无处不在
正如人人都可以从一杯茶
闻到清淡,从青山闻到苍茫
从嗒嗒嗒的马蹄声
闻到辽阔

我曾从一粒红小豆
闻到朴素,饱满
闻到一首诗的品质和北方太阳的香味
气息给我营养

有时又让我焦虑

和我气味相投的人为数不多
我闻到足够的温暖
不敢将友情掰成碎粒，甚至研成粉末
漫天抛撒，我闻到
那是沙漠的气息

窒息

这天气怎么了
谁把我的心困在密不透风的玻璃里
谁逼得蚂蚁搬家,鼠类出逃
鸟群在低空踽踽
火着不起来,水流不动
凝固的汽笛声不散
谁制造了这些堵在毛孔的乌云
匿名的对手,为什么不露面
大地无处控诉
无处撕破一条口子突围
这一天啊这一天其中的两小时
多像这一生啊这一生其中的两年
我和万物在窒息中学会忍耐

在北方过第一个冬天

斗大的雪花飞速赶来
迎接一位南方人
迎接她在北方过第一个冬天

干净，彻底。同一切杂色告别
光秃秃的枝丫，不再牵挂
风的方向，风的形状
以及寒雀啼坏了的残叶和叹息

天空的热量耗尽
屋里开始供暖

这样舒适的室内生活，很容易
让人想起安静的白银
和微笑的瓷器

风在门缝里嘶嘶地叫
她用此吓唬两岁的外孙女
再不好好吃饭，听老虎来了

她和外孙女在同一时间
穿大衣，系厚围脖
在同一地点，接受白雪的启蒙教育

冷啊，真冷！她毫不迟疑
就爱上了这种冷
这种清澈的冷，通透的冷
光明磊落的北方的冷

她真是一辈子的冬天
都没有享受过这么冷的冷啊

她带着外孙女堆雪人的时候
童话就在她自己的眼里复活了
她说：快把所有的阳光和雪卷起来
寄给南方的冬天看一看——
瞧你那冷，阴阴的，鬼鬼祟祟的
不知从哪个旮旯缝缝冒出来的

台北电话

今天上午
台北电话说
诗人王禄松走了

惊愕。不信。痛惜
八个月前,我还在金华听过他
激情澎湃的演讲
感觉他身体挺好,有用不完的才情

王禄松,和他名字一样
是一株缀满针叶和果实的树
这样的树,没有理由说断就断
"叶子被风刮断了
枝柯用疼痛在风中写诗"
我相信诗人都会守自己的诺言
他只是叶子随风去了
树还会回来

可是台北电话说
这棵树不会回来了
他已走进阿里山的灵魂
青苍地消失。一路撒落的松子
请朋友们细心拾掇
台北将汇聚成册,作为悼词

我没法阻止我的诗句在瞬间断裂
没法阻止一种粉末状的怀念
从木头里掉出来,黑黑的,黏黏的

接着在屋里乱翻
想翻出台北陈年的风雨

我找到一叠诗笺，一封电传
纸上的花鸟依然鲜活
我不能相信台北电话
不相信尊敬的王禄松先生
和他的智慧小语
会在这个阳光明媚的六月
遭遇急刹车

诗人

诗人,你不能只在天上飞
你得回到地上

你不能只要光洁的柏油路
荣耀的红地毯
不能习惯于宾馆,宴席,小车
踩着滑溜溜的语言,无阻力行走

有一些鲜花,掌声,证书是不真实的
你得走过寂静的草垛,麦田
走过泥泞,废墟,陷阱和火焰

走过冰雪抖擞的枝条
走过瀑布和隧道
走过冷落,羞辱,匿名信
谣言密布的丛林

你得钻进大地腹心
听原油的咆哮
听河水发出大提琴一样沉重的呻吟

你是诗人
尽职尽责,不能丧失山峰
你无法停下的脚步被道路追赶
你得带着岩石去旅行

一年中最冷的一天

在一年中最冷的一天
我满怀敬意,读一本书

语言骑着速度和波涛驰来
一浪浪旌旗和土腥味的风
力透纸面,染我一身浑黄

这就是黄河
李松涛与黄之河

黄之河在字上行走
大地的伤口压满雷声和闪电
我浸泡在浩浩荡荡的深情里
礼物一样获得诗歌的沉重

摇动句子中的爱和泪水
从酣畅淋漓的倾泻我开始反省
在黄之河之前,巨大的颂辞和沧桑
之前,我是否有过真正的苦难
有什么理由再去诉说
那些羽毛级的悲伤

坐在城市倦怠的眼皮上
我仰望亿万年前的雪
至高无上。在生命源头,在冰峰
黄之河以远古的清澈和温暖
向我发出哺育,慈爱,文明和睿智之光

我突然懂得写作的尊严
阅读的尊严
在一年中最冷的一天

我一次次卷进漩涡
一次次浮出水面
搓揉，挤压，成诗的一滴
随黄之河穿越历史
穿越无尽的苍茫和荒凉

这是年中最冷的一天
上苍把凛冽留给黄河
把更广袤的严寒留给诗人
当日月无辉黄河断流
我看见黄之河使命般挺身而立
高高悬挂于灵魂的河床

这时，我想问，尊敬的诗人
你的呕心泣血
能否赎回人类的一些过失
你的忧患，能否成为忧患的限量版

在机场

女儿,昨天的电视新闻说
那个地区,和平遭遇危机
民众正发给印有骷髅图形的
防毒面具。而我的女儿

你就在此时起程
前往那个地区

过了安检
一步就是千山万水
看得见你摸不着你
一道玻璃门,透明如冰晶

忧虑在脸上盘旋
我知道留不住你
女儿,你是国家的人

义无反顾地,你起飞了
天空被一条怪鱼吞进腹中
我躺在剧烈的噪音之下
搜遍你全身的鳞甲

表达

她在自己的诗集中
竟然没有找到
想找到的两个字

祖国！您骂她吧
怎么骂怎么打都不为过
她的诗歌吃您的五谷，穿您的云雾
是您打开满天星斗，夜夜为她点灯

是您的群山，峡谷，沙丘，大海
和阳光一起奔涌而来
赐予她波浪一样起伏不平的词语
草尖上的风暴和雨露，会告诉她
应该怎样成为一个诗人

她比您早一些进入花甲
而怎么白发，都是您的女儿
她喊您的声音是带韵的，母亲
您的爱属于给予，属于照耀，笼罩着
存在于她一切文字的呼吸之中

她在山上住得太久
只会发出鸟一样的呢喃，甚至
把一生都藏进一棵渐渐人起来的树
以为幸福就是水果的味道
展开的树枝就是飞翔

您的一片树林就是她的故乡

您的一条河就是祖国在她全身流淌
她从一个苹果的脏腑里来
肺腑之言，就是由雨水、雪水、泪水
和汗水，酿制而成的赞歌

她一刻不停地从花朵里
提取红色，就像从爱情里提取镭
深深深深的爱啊
她以为最好的表达
就是一心一意把树种好
饱满着，绿着，像血液一样葱绿着

北方

这是最好的季节
无人能托起一个秋天的重量

只有上苍摆放于北方的餐桌
巨大，丰盛
那张油浸浸的黑色台布
转动日月星辰
转动稻谷、玉米、大豆、高粱

田野佩戴红缨
阳光扬起白马的鬃，辉煌而高傲
我一头撞进热闹的大地婚礼
把自己等同于庄稼
等同于一垄一行

一眼望去，黄了，满了
我这个经历荒年，刻骨铭心的人
穿过野菜，蕨头和饥饿的记忆
找到在代食品店排队的自己，问
你在想什么
我在想——黄了满了的粮仓

地要深翻，肥要多施
一粟一穗要供奉在最高的圣殿
地球正处于消费的狂热期
人啊，看紧你的餐桌，你的碗
你碗里的饭，碗里的汤

收获以吨计,喝酒以亩计
在北方,不会喝酒也要喝个半亩
再种上一万亩辽阔
送给自己的胸怀
然后扛着北方回老家
扛着新采的榛蘑和上好的杂粮

湿地

全是自然的,野生的,不经修饰的
和庄稼一样浩荡的芦苇

苇花摇曳
许多蓬松的小翅膀飘过河面
让这个上午变得很轻

还有荷,袅袅婷婷走下台阶
展开的裙裾里九月在摇晃

两只黑鸟结伴起飞
天空湛蓝,不需要打伞
我在鸟的翅上找回了天空的洁净

微微发酵的风和高粱一起成熟
不远处是嫩江
这里是安邦河湿地

又有一群鸟开始降落
回到芦苇丛中栖息

能不能给我一分钟,一分钟
让我也回到白色草根,闭门不出
静静感受湿地的温暖
那潜藏不露的光明

我们找回了湿地,找回了生态
找回了粮仓的门

风至八级

风至八级
一场大规模的扫荡开始了

站在风口的山榛子树啊
预感中的撕裂就在今天

远远地,我看见了你们
与落日同坠
与地平线形成三十度,二十度,十度的角

匍匐
昏厥中的挣扎
生命里最伟大的忍耐和克制
我看见你们山榛子树集体匍匐

风至八级,铁已藏进岩石
水已回到冰川
荒凉已下陷至十二月最低处

只有你们
一生不从风口挪动半步的山榛子树啊
不屈如勇士
悲壮如筋骨嶙峋的高贵兽群
匍匐于落日的方向
把啸声留在空中

灰色的水

灰色的水穿过峡谷,穿过戈壁
那样灰黑、灰白的水啊
有时湍急,有时汹涌澎湃
有时细细的,眼泪一样的
贴着大地灼热的脸庞
灰色的,浑浊的水
就那样流,流进时间
所到之处,没有草
没有牛羊,更不可能有鱼
没有牛粪火和馕的香味
没有石榴、葡萄和斑斓的风
挟带各种矿物质的灰色的水
就那样流着
那样不顾一切地灰色地舞蹈着
使庞大的寂静
动了起来

大峡谷

我相信,任何存在
都有一条裂缝。肯定有
让事物本身迅速改变
天山也是这样
一条裂缝,成就了一条大峡谷

乘机而来的,总是风
有时从正面,有时从侧面
风沿着最初的裂缝往里钻
往里刻!极其尖锐
极其深度地往里刻
甚至肆无忌惮在里面打旋儿,做巢
孵出一窝怪诞形体

有时,风从后面
就成了刀之外
另一种暗器

呼啸声不断传递着风速
和即将到来的平静
我们就在这个时候
沿着峡谷走
看到了世间最好的风景
最痛的山水

小火焰

一群盘旋于天堂和圣光中的鸟
一群雪莲,一群下凡的星子
一群鱼,在荒漠无边的朔风中游动
一群马,抖擞血红的太阳的鬃
一群跳动的幽蓝幽蓝的小火焰
突然出现在奥依塔克
出现在今夜,在夜的篝火
夜的中央

顿时
我目光沦陷,再也无法收复
我双耳失聪,世界寂静无声
顿时音乐忘记音乐
舞蹈忘记舞蹈,诗忘记诗
倘若此刻战斗打响
顿时哑了所有枪筒
折了所有箭戟,战争
忘记战争

盘旋于天堂和圣光中的
柯尔克孜小少女啊!跳动的
幽蓝幽蓝的柯尔克孜小火焰啊
我唯一不能忘记的
是你的美丽

一棵树

它们是这样成为一棵树的
一棵树生铁一样楔入另一棵
一棵树成为另一棵腹中的钉子
没法拔，不能拔
那场雷电已经过去一千年
它们一起死过三百年
撕心裂肺地，仇恨过三百年
用同一把冰雪敷疗伤口
又是三百年。最终选择活着
活着，就是宽恕别人同时也宽恕自己
它们保留各自的姓氏
两种不同的叶子在风中招手
这棵树让我无法忘怀
它在南疆温宿县神木园

戈壁乌鸦

不是一群
不是集体主义者

看你的那个黑
像红到终点的红
自太阳心中滴出

看你的俯冲
像 片削薄的铁,轻啸着
插进飞起来的尘埃

我把你误认为鹰了
我摸到你烈焰中的抵抗了

眨眼之间
千年的黑夜亮了

最后,你落在离我不远的砾石上
校正了我对英雄的片面认识

乌鸦,戈壁的独行侠
假若我有羽毛
每一片都会因你而战栗

慕士塔格峰

如果
能赐予我冰雪品质
能接受我仰望目光
你就抖落一点点银色吧

慕士塔格峰
那样从容地
站在路的尽头,神的开端
站在天的蔚蓝里
庄严着,圣洁着
并不顾及朝圣者的缺氧、头晕
心跳过速

奇迹没有发生
不可能发生。我不配
我才第一次登上帕米尔高原
慕士塔格峰
一定闻到了我身上
尘世的焦躁、浮华和俗气

但我不会停止祈盼
我会捧起
似绿非绿似蓝非蓝的
喀拉库勒湖
那是来自你深处的回应啊
一遍一遍洗手,洗肺
洗——有时暗藏的心思也不太干净

阿曼尼沙汗

让弦上的手指更深地插进
十二木卡姆
让拱形花门直抵最后乐章
十二木卡姆
让水果作今夜的擎灯人
——被你点亮

在你之前音符如散落的沙棘
阿曼尼沙汗
在你之后旋律如生命盘绕而上
阿曼尼沙汗
维吾尔史诗包容一切
连同雪山、风暴、沙丘、毛驴、羊
连同死亡和赞美
你已从五百年前的落叶归来
阿曼尼沙汗，在莎车

胡杨

当我第一眼看见胡杨
我就看见了苦难和坚强
塔克拉玛干以北
巴楚,大沙漠边缘
有人说其实就是沙漠了
几棵,一片,一大片
一大片一大片胡杨树
蓬头垢面,披头散发
简直就像风沙中狂奔嚎叫的疯婆子

这是树吗?没有叶子
皲裂,枯干,跟柴一样
还有倒下和没倒下的半截树桩
还有真实的不是诗意的被掏空的心
一场厮杀永无止息
胡杨林横尸遍野,但没有血腥味
只有我,一阵阵地心绞痛

我不断提出儿童科的严肃问题
它们真的死了吗?能不能活过来
它们是人栽的还是本来就有
仰头问天,天空特别蔚蓝
从穹顶传来的声音特别清晰
它们是神派来的,专门负责吃苦
吃风,吃沙,负责保护身后的家园

它们是胡大的孩子
所以它们的名字叫胡杨

和田的无花果树

上苍赐予大漠的生命奇迹
无水而受孕，无花而结果

一张口，吃过成吨成吨的风沙
经年累月地吃，一天也不少
你把风沙吃到哪里去了
怎么吃得自己郁郁葱葱

快六百岁了
枝头诞生了多少鲜嫩欲滴的婴儿
只有上苍知道
你自己早已数不过来

这么多千里外万里外的人
双手合十，以你的果实为灯
笼罩于巨大的生命气息之中
这么多人，手指迅速灌浆
毛发迅速葱绿

绕树三周，默默祈祷
树说许个愿吧，只要心诚
要什么我都会给

我从青山绿水来
天待我太厚
我不能向你要瓜果，要丝绸
更不能祈望在墨玉河边，捡到一块
价值连城的羊脂玉

我捡起一片地上的叶子,一片箴言
我想我首先应该学会
珍藏一些,扔掉一些
甚至腐烂一些

我想我通过你已经获得上苍的赐予
和田的无花果树
一棵树就是一座森林

沙漠

椭圆形的巨大盘子
装满浅色咖啡
任风在其中搅动,任大地变软
软软的地球腹部,摇曳的火焰肢体
沙棘和骆驼刺是唯一的硬武器
沙漠啊,我不是你的敌人
不甘心被你用最软的方式吞噬
真想一掌将你击破
而你如蜃气渺渺升起,无影无形
我就是那只小小的蜥蜴
在巨大的正午爬行,哪儿能找到出口

下一站

下一站
一次次被车轮扬起的尘埃覆盖

背负着烈日和冰雹
我要赶往下一站

那酒旗飘摇,备好茶水的
那窗明几净,一尘不染的
不是我的下一站

那花潮汹涌,滔滔的鸟声迎面扑来
载歌载舞的
不是我的下一站

一路颠簸
与十万里风沙结伴而行
我要赶往我的下一站

我的下一站
在大漠以西,红柳以西
盛开的沙枣花和马蹄以西
一段最好的人生以西

我的下一站选择空白和停止
在地图上找不到它
它在我的心脏以西

缤纷菏泽

我叫牡丹
另一个名字叫菏泽

梦中，越过绛紫色睡眠
一场盛典令我期待

风吹动思念的流苏
我心中的情感已经开得令人痛惜

红啊
如火如荼的红
红得想高唱革命歌曲

红得像红骏马扬起红鬃穿过红云
飞驰

摘下左侧的光线
请认识另外一株
在那里我一袭地白，无敌地白

因为我的身上
积聚着千年的冰雪

想起冬季，那只休眠的虫子
时间的绿就一点点减少
我藏在蕊心，以沉默代替嘴唇
从痛苦中拔出自己的泥

深不可测的忧患啊
我就是那位冷面使者,乌黑如漆
但是,缺了我,这场盛典就称不上瑰丽

缤纷菏泽
我站在四月的入口
站在瓣状的灵魂里
向人们指路

老人与花冠

老人迎面走来
我看见她满额风声
哗哗的皱纹流淌

在皱纹之间
填满了笑容

我看见一顶花冠
娇嫩地
压住了老人一生一世的痛

我看见了美

我不再叹惜花期很短
人生很局限

在万紫千红的纸上
我找到了永恒魅力的
白发的文字作衬

青海湖

是谁，有着这么巨大的悲伤
或者这么巨大的幸福
把一滴泪放在青藏高原

就成了一滴穿透时空的
海水蓝。是谁告诉我
圣洁这个词，一生只能获得三次
我得慎用。现在这个时刻到了

这个时刻，蓝了。又是谁
乘白云掠过机翼，催促我
快带上血液，白发，激情
还有诗歌，融入这片蓝

离太阳最近，至高无上的蓝
蕴藏爱的宝石，泪的金子的蓝
在梦想和恩典中飞翔不止的蓝
青海湖，2007年的蓝

现在，我用目光把你轻轻提起
丈量鱼的深度和鸟的高度
一寸寸打开自己的空间

青海的草

蜿蜒不绝的被子，纯棉的，弹性的
高原八月的另一层皮肤
是青海的草

经幡拂动下的吉祥文字，生生不息的
牛的，羊的，马的，连虫子
都想生根发芽的
是青海的草

用情歌，酒，和生命源头的水
浇灌。醉人的，静谧而热烈的
让花儿一朵比一朵唱得嘹亮
是青海的草

在蜿蜒不绝的碧绿的早祷声中
让我埋下头去，朴素地嚼着
吟诵着。让我的蹄子点点点点
一路往西，登上最高的殿堂
是青海的草

青海的油菜花

生命开在一根细茎上
需要多大的勇气与风雪抗衡

必须学会内敛
必须捂紧最初的光亮

踮足遥望
远方的姐妹五彩斑斓
青海的油菜花，不急
守住你嶙峋而冷峭的春季

夏季终于来临
在海拔高高的舞台
青海的油菜花，踏着白云，隆重登场

满头银丝的雪峰的掌声
泪光盈盈的湖水的掌声

夏季的风
赶来我梦中曾经出现过的光
赶来满坡满岭披挂黄金甲的羊

眺望天姥山

眺望天姥山
站在李白站过的地方
一股灼热,从足心升起
恍若隔世的神仙住所
我禁不住吻你广袤的前额
口唇上带着月光的余香

昨夜我们斟满越国黄酒
邀李白的月光入席
邀古诗中悬挂的山山水水入席
我想沿着一片树叶的经络
回到自然。我想回到唐诗
可是我不能用回到两个字

当我踏着李白的云梯
去看望王母,她银发飘飘
那是她撒在太空的根须

当我吟诵李白的烟霞
它们一株株,一亩亩
在瞬间发芽,在永恒绽放

当我眺望天姥山
明白什么叫高峰,叫不可企及
什么叫前方,叫不可超越
是唐诗中一声鸟啼
把我们从千秋万代唤来

硅化木

它们把身体的门一层一层关闭
关闭所有的绿，所有的红
所有的鸟啼，花香
所有挂在树枝的电闪雷鸣

究竟遭遇了什么样的劫难
是绝望，还是造就了它们

关闭自己，慢慢硅化
慢慢脱胎换骨
直至坚硬如铁直至最有耐性的
时间，宣布奇迹诞生

它们怀念自己的从前
怀念作为树的全部生活
坚决保留木纹的形状
风吹过树林哗哗的形状
导管中汁液流动的形状

甚至
亿万年前，第一片嫩蕊的形状
第一根幼虫的形状

鹳雀楼

如果你想知道何为占领
超越一切的占领
不费一枪,不伤一卒
仅仅派出二十个汉字
干净利落
你就去登那座楼
那座
黄河边的鹳雀楼,在永济
唐朝的鹳雀楼,在王之涣
在日落之前
在黄河入海之前
如果你携带十卷诗文
十卷山水
十卷风雪雷电
终未到达生命和境界
你快去登那座楼
王之涣的鹳雀楼,在永济
在日落之前
在黄河入海之前
如果你想看得远一些
再远一些
远到永远……

华山

高速路上
一壁巨石拔地而起
镜子一样反射夕阳的金瀑

莲花状的山峰层层围拢
盛开蓬勃的旅游业
华山，来了之后，才知道不能不来
不能不阅读你陡峭，险峻
峥嵘万状的酷厉的美学

历经电凿雷劈，你何其锐利
与我的反差何其强烈
生命里缺了石头
就缺了应该有的硬
为什么一些风暴
总是让我们难以抵御

自古华山
一条路。刀刃般的脊背上
每天都有络绎不绝的人
义无反顾种下脚印
为危险埋单，把悬崖当成美景

水已到达岩石和道路的尽头
从峰顶垂直跳下
那样秀气的一湄，英雄的一湄

它从何而来
天地间悬挂的琴弦
拨动多少玄机

在花岗石的折皱里
蕴藏多少鸟鸣

不能没有树

一把抓住我的
是这些从岩石裂纹中伸出的手
这些寻找价值和意义的华山的树

为什么我的诗总是离不开树
因为我灵魂里不能没有树
华山也不能没有树

假如把我的枝条也插在这里
试一试凌空高蹈
试一试身处绝境

我要怎样才能在疾风中打开翅膀
展现恣意的飞扬状态
我要怎样才能咬住
石缝中细细的光亮和水

当这些并不葱郁的绿
一寸寸爬上山巅
我认定华山又升高了几米
我还认定华山的树只有两棵
一棵叫做坚强,一棵叫做欢乐

碑石里的圣贤

坐在碑石里的圣贤
我想把你请出来
我已准备好为你抻纸研墨
准备好一支湖笔,一些溪水
想看你席地而坐,悬肘而书
我最好是你笔端的羊毫或者狼毫
是你手指的无限延伸
这样我就能感觉你的感觉
细微的,力抵千钧的感觉
体会你如何让水长出筋骨
让锋利的刀刃变软
体会你最后一笔,若有若无
如何雅致地淡出

临潼

在这里不能不说
最适宜的工作就是考古
历史厚得无法用镐
树枝间挂的全是奏章
一脚下去,踩痛的全是陵墓全是战场
小贩们用复制的陶俑炫耀兵力
还有竹简和帛
不能不说锦绣堆成的骊山
一件霓裳羽衣,九尺白绫
当紧闭的宫门一道接一道地打开
不能不说疾驰的烽火和荔枝
正值中秋,月亮胖起来
石榴又红又大,种石榴的人不吃
权当献给游客的贡品
新建的宫殿楼阁和现代经济息息相连
这时考古队又掏出半个王朝

我的箱子

向你致敬
我的箱子
你已经在外奔波了两个昼夜
几乎周游了半个中国
是谁看错了你的标识
让你独自从大唐去了西蜀
你连皮带骨才八公斤的孩子啊
终于尝到无人认领的滋味了
昨夜你蹲在哪个角落
你一定遭遇了不能容忍的野蛮装卸
看你身上的伤，又多了几个补丁
看你疲惫不堪，脏兮兮的样子
还是赶紧洗脸，换衣服吧
今夜我要站着
让你躺在床上

宿松的雨

我因此记住了宿松的雨,大雨
我来三天,雨就下了三天
那是从古代松兹国一路下过来的
为诗会准备了两千年的雨
何处为吴,何处为楚,混沌一片
看不清。我相信有一种情怀
一定和雨有关。既然宿松
既然翁郁的谢灵运,李白,苏轼之后
又来了一株一株收集雨水的人
那准是神谕天降
为文字洗尽尘埃
为焦躁,虚妄,自大注入清醒
我被宿松的雨拽着,走进课堂
十五岁中学生邀我从落叶返回枝头
这才明白青涩多么珍贵
所谓成熟,还是不要为好
就让它始终站在千米之外
我还得提着满满一笼烟云赶路
穿越点点滴滴。在宿松,在老年
大雨转中雨

小孤山

一脚踏进水的腹心
一手高擎穿灰袍子的云

古往今来的船只
备好猪头求它保佑
长江上的妈祖小孤山
诗书如叠,香火不断

进山石阶,奇韵一样陡峭
小心翼翼躲过最低的愿望
走了一半,还是气喘吁吁

雨使着劲儿的下
像要把岩石浸透,把时间滴穿
手指无意间碰着石壁
石壁蹦起来,吓我一跳
小孤啊小姑,我不是
利欲熏心之人,请看眼睛

住持行义请我进屋喝茶
茶说谁能化浓为淡,谁就能
化险为夷,活在自己的静里
面对雅士一样的行义
我用聆听表达尊敬

浪涛打着低音节拍从脚下滚过
低调,请再低一个调
雷声,雨声,水声的和弦

我听见了。心中大气盘旋
我要把旅途中一个驿站
嵌进绝壁

站在小孤山
谁都不会觉得小,觉得孤
觉得不安全

我为什么不哭

我为什么不哭
你给了我哭的时间吗

我唯一的母亲,那么多母亲被掩埋
我唯一的孩子,那么多孩子被掩埋
我唯一的兄弟,那么多兄弟被掩埋

我得刨,加紧刨啊
我刨了三天三夜,还在刨
我刨了九天九夜,还在刨

就当我是那条搜救犬吧

从泥石里,从钢筋瓦砾里
从窄窄的生命的缝里,一刻不停地

我在和谁竞赛,我必须赢
我必须早一秒到达
早一秒,废墟里的太阳就刨出来了

我必须从自己的废墟起身
必须认识灾难
必须向黑色聚拢

没有路
我必须携带着自己的道路而来
犹如携带着伤口而来

天崩地裂
悲痛那么宽

悲痛是一种多么巨大的力量
大地突然间生出那么多感动，泪水，敬意
和照耀

我的爱从来没有这样沉重这样饱满
我必须是我家乡的春天
我必须是重新的花香

我为什么不哭，我能不哭吗
尤其面对一长排一长排
色彩明丽装满琅琅读书声的书包

尤其面对散落的课本
天堂里的白蝴蝶
纷纷起舞，像滔滔的翅膀

我能不哭吗
我还是不能哭

我得加紧刨啊
偶尔打个小盹
我也在用梦的爪子来刨
用大把大把的眼泪来刨

我的孩子

我的孩子
我是你的妈妈

我的盛开的花朵
我的蓓蕾
我的刚刚露脸的小叶子
你听见妈妈的呼喊吗

我把我大大小小的孩了弄丢了
妈妈的心撕裂了

从此
你只能从树根，草根中吮吸乳汁
一切植物的，还有动物的乳汁

你要多多的吸啊，不要挑食
吮吸那些你不熟悉的
石头的，煤的，一切矿物的乳汁

妈妈也是才明白
有时，时间是不善的
挟持你，逼你交出体温

假如还能重来
我要把你们一个一个全都装回肚子里

你是我伤口里的晴天霹雳
整整一夜，不，整整一生

我都蜷缩在巨大的哀乐中
我的孩子

你能穿过石块，钉子和无边的黑暗
循着妈妈的声音摸到回家的门吗
我的孩子

不要哭
现在我们来玩捉迷藏的游戏
看谁最早捉到凌晨的第一束光线

天空的门永远不会关闭
快去吧去一个有光亮的地方
看啊天使选中了你的嘴唇
上帝搭乘你的翅膀起飞

我肉嘟嘟的干干净净的孩子啊
你一定要保持露水一样的晶莹

你已经独自扛起了一座废墟
你的坚强，勇敢，镇定
让群山低下头来
江河向你致敬

人生还有多少作业
孩子啊把你未完成的苦难交给我

你冷吗
妈妈正细心剪裁一小块一小块黑夜
作你棉衣的衬

你什么时候送信来
我会把遍地小花小草
当作你细细碎碎的鼻息

今天,妈妈在暴雨中高擎闪电
战栗着,克制着
用雪亮的一笔,为你写诗
你要记住我爱你我的孩子

黎明

宝贝,快闭上眼睛
美美地睡上一觉吧
你才三个月,你的世界混沌未开

你眼里只有奶瓶,铃铛,彩色卡片
和一圈圈围绕你的爱

大人们很少提到灾难了
灾难却从午后的那一头轰然到来
把我们的家园摧毁

你也不知道黑暗是什么
黑暗是一种无法计算的重量

此时妈妈躬身倒在拐角的黑暗之中
双膝跪地,双手和整个身躯
为你撑起一片狭小空间

此时妈妈的心情是紫色的
紫色的,忧郁的,柔弱得快要折断的力
正向心脏,肺,血管汇聚

我要把你藏进夜的宽大的衣袖里
我要把你藏进朝日的胎盘里

宝贝睡吧,不要看见这一切
尤其不要看到妈妈滂沱的泪水
尤其不要听到妈妈全身骨头的碎裂

我感到身体正在变薄
已经托不住我弥留的翅膀
让我最后一次为你掖好被窝
宝贝啊你才是我花苞里的天堂

我仿佛听到黎明的脚步声了
是橙色的，绿色的，白色的，迷彩色的
黎明是跑步来的

别哭啊我的宝贝
你要保存好你小小的力气
等待光的救援

声音

从废墟里长出了什么声音
一株株
稚嫩的,湿漉漉的声音

谁在背诵课文
谁在唱国歌,唱团结就是力量
唱两只老虎两只老虎跑得快

是六岁,九岁,十二岁的孩子
我们的孩子
孩子们从地狱打出生命的旗了
孩子们从暗礁鼓起生命的帆了

谁还能小看这些孩子
这些从黑暗腹中掏出火种
长出一株株稚嫩的
湿漉漉的光线的孩子

这些天塌下来顶得起的孩子
一瞬间从宝贝变成英雄的孩子

孩子啊你已经被自己的光芒照亮
有了你,我们还惧怕什么

北川诗人

我这才知道有个北川诗社
五十多个北川诗人
这一天,一个都没有幸存

无疑是诗歌史上最惨重的一次
集体消失
没有诗人,谁来祭奠这一地月光

北川诗人
把心灵当成寺庙
进行过什么样的特别修炼
五十多支老老少少的笔
不求同日来,但求同日去

正在开会。诗会
不同于会议的任何一种
五十多只布袋,各自揣着
最动人的果实,最芬芳的情感

有人弄一支羌笛,走马西风
正大声朗诵
羌笛何须怨杨柳
有人正挖掘千年古寨的根

就是高谈主义我也不会反感
就是晦涩艰深我也会虚心学习
我也曾开过诗会
那些争论现在想来多有意思

诗人倒下，而诗歌不会
躯体腐烂，而诗歌不会
诗歌由特殊的物质构成
站在灵魂的峰巅，即使碎裂
碎裂的晶体同样叫做永恒

第四卷

(2010—)

给母亲过生日

母亲,你早已不在世上
我跪在钟表的废墟上给你过生日
时针甩开它的小蹄子一路疯跑
你知不知道今天你都一百岁了呀
你把黑夜深深吸进自己眼瞳
留给我们的永远是丽日蓝天
你早已凌驾于风之上霹雳之上
一切屈辱之上。但是有了今天
时空就是一种可触摸的物质
就是你重孙子手里这块酥软的蛋糕

87 岁的四姑这样说

我是被我的三哥和十弟用电话喊回去的
被家乡的炊烟一缕接一缕拽回去的

由我的 60 岁老儿子牵着扶着抱着背着
我们坐了 15 小时火车，3 小时汽车
20 分钟过河船
清明节去看望我的亲人

我的父母、兄弟、姐妹
现在他们是一堆土包
热热闹闹、济济一堂住在沱江边上
紧挨着曾经种满桃花梅花的傅家院子
我要去为我的亲人送些鞭炮送些热闹
送些香蜡纸钱

坟山的路太滑太陡
我紧紧压在我的孝顺儿子背上
老儿子一步一叩首
我一步一倾盆

晚辈们连声说
四姑啊四姑婆啊不要激动不要激动
我说不激动不激动
我妈来这儿住时都 95 岁了圆满了
可是我哥才 30 多岁啊
他把一张年轻的脸永远留在墓碑上

我还是忍不住要激动,要为他哭一场

算起来我有 60 多年没回过家了
我要把几十年家乡的月光一件一件
穿在身上。一直穿到一百岁去

白雪诗人

天气预报说,今天凌晨
一股强冷空气已从西伯利亚逼近
秋天还没有过完
你的城市就下了第一场雪

你说过,你最喜欢雪了
这让一个怕冷的南方人暗自惭愧
这会儿我正用刀切大白萝卜
嚓嚓嚓,我想起了你皮靴踏雪的声音

如果你在室内
我想你一定正安静地等待
天空特使与心中大雪的汇合
你一定把特使当作家里亲人
当作祖母、祖母的祖母。不然
你怎会遗传到如此透彻的冰雪气质

这是第三遍打开诗集了,读雪
读你!读你纷纷飘落的意象
来自苍穹的上等棉啊
能把漫长的北方冬天捂热
能覆盖一个远方悲观者
心中大面积的忧伤

如果诗歌一定要有一个流派
你就是白雪派教主
我就报名来读你的研究生
你要毫不保留给我苍茫,给我寒冷

教我认识"轻到最轻,竟是最重"

我要铺开大地一样辽阔的作业纸
进入你意境的天堂,文字的村庄
期待一路南下的强冷空气
就像期待朋友和诗歌的降临

一小时

请给我一小时
一小时就是六十分钟

让我回到果园,回到随便的一棵树下
静静地,面对面站着,相互凝视

树说:它站着,我坐着也可以
还可以把头靠在它身上
尽量靠近 些

它要闻闻我的气味
一个这几天突然变得热闹的人
身上的气味

不要动不动就联想
动不动就回忆
不要大喜过望,不要老泪纵横

不要感叹人生,更不要
带着别人的哲学书去感叹人生

尤其不要说话
树一辈子两辈子三辈子都不说话
这样地度过一小时

大佛

此时我坐在你的足趾上仰望你
你缓缓降落的目光柔软如棉

一个心绪不宁，灵魂游荡的老孩子
等待救赎。我要怎样
才能获得你的眷顾和期许

于雾中，空气中，虚无中
似有一个
缥缈而又异常清晰的声音传来

任何容器不能装得盆满钵满
敲碎它，让它流走一半

船上

这不是一条普通的船
除了吃水线很深
还吃着很豪华很会议的饭
一船灯火辉煌，一船文章锦绣
两岸峭壁如削，不种庄稼
只种诗词歌赋
广播在叫同志们快去吃夜宵了
晚宴结束不到两小时
一个诗人，显然有些惊讶有些激动
船不小心触到他眼中的礁石
他说他想起了白天看见的
那些悬梯，栈道，背篓
那些赤脚爬过险滩的纤夫
这一顿要吃掉岸边几大片薄田啊
他摇头。他感叹。他拒绝。他凝视窗外
船模仿鱼，把家筑在水中
在梦里也紧紧攥住微微发颤的大江
一群山峰在夜幕下继续奔跑
会议继续行驶在预定的意义中
许多年后，我忘了会上都发了些什么言
只记住其中一个普通的诗人
在这样一条不普通的船上

赵佗

龟峰塔一砖一石都在诉说
是你,一剑劈开南越的瘴疠之气
这里才有了农耕,有了繁衍
有了最早的客家人
把你的名字天天挂在嘴上
用一座城来唤你,还是不够
还得修一座庙,两千年香火不绝
一只秋虫从天黑一直叫到天明
还得铸一座铜像,让你的子民
天天看到自己的父母官
官不在大小,造福不分先后
谁能润泽一方,谁就能
将荒芜的人心开垦成风水宝地
你闪亮的额头
飘过历史无比纯洁的朝霞
一个老妪,怎能不肃然起敬
作龙川首任县令
你才二十三岁。率五十万大军
挥师南下,你才十八岁
你叫赵佗,是秦朝的人

我忘了

我忘了这是 2012 感动重庆
现场直播。聚光灯对着我
我忘了我是来给一个女孩儿颁奖的
忘了把奖杯、鲜花献给她
忘了这个坐轮椅的女孩儿
她易碎的骨头里藏着金子和火焰
她内心的光明有如花朵
忘了她还有一个响当当的名字
叫榜样、人物和青年志愿者
我紧紧拥抱她。我甚至忘了
读得溜熟的只有几句的颁奖词
忘了镜头、麦克风和千人演播厅
时间在静静等待
20 秒、30 秒、40 秒
我抱着这个用云朵捏成的孩子
小小的软软的我的孩子，说不出话来
我只想这样抱着她，亲她的额头
像她的养父母，20 年前从长江边的
寒风里，抱走一个弃婴一样，现在
我只想从浪潮般涌来的掌声中抱走她

窦团山问

谁最静
谁最从容，谁最沉稳

谁能在山水里一坐千年
谁仅凭一座星空几滴鸟鸣
嚼墨弄文

随身行囊要尽量的空，尽量的轻
谁舍得把功名、利禄
统统扔掉！谁舍得捣碎

捣碎自己的明月
捣碎词语制造的娴熟技艺

谁的心为石头而软
谁的血为杜鹃而红
谁的足趾生满云雾和花香

谁能走进拔地而起的窦团山
将旅途坦然悬挂于绝壁

谁能喝粗茶吃淡饭穿布衣
采四海朝露，获取天地间
绵延不绝的生命气息

谁愿做那棵千年黄连树，苦着
却枝繁叶茂
谁能还原一个唐朝诗人

故乡

坐在月亮里的李白
我想把你请回来

请你提着月亮一起回来
回到你的故乡青莲镇来

你25岁离家就没有回来过
还欠着家乡一轮圆月呢

我是你家新召的书童
已为你备好一缸酒，一缸月色
还有那年的湖笔那年的砚
蒲花井，洗墨池，流出那年的墨香

陇西院雕花窗格前
已备好一座天宝山，一条盘江水
备好一片竹林，两株桂花树
树上还结着那年的鸟巢

现在我开始抻纸研墨了
现在你挥动笔端的羊毫或狼毫吧
现在你写千年还乡抒怀这首七绝吧

你的乡邻围了一圈又一圈
个个都是你的汪伦，你的青梅
泪盈盈看你，洋洋洒洒
悬肘而书。你的汪伦和青梅

一生注定为送别而伤情
写完了还要送你回月亮去
回你们诗人另一个故土去

那里济济一堂已住着一堆人
杜甫、王维、岑参、张九龄
等等等等。站在各自的诗句上
一站就是永恒

更有你的晚辈老乡苏轼
在月亮上种了好大一片竹林等你

月亮是个好地方
月亮照着青莲乡

五岁李白

危楼高百尺
手可摘星辰
在山顶我与一首千古唐诗相遇
与五岁李白相遇

五岁李白吟过的楼,迄今还在升高
五岁李白骑过的一支笔
迄今还在纵横驰骋

我怎么会觉得
这不是李白,那个手举酒杯
白袍飘飘仰天望月的仙人
才是李白。我怎么会这样想
如果我早生一千三百年

一定是这家的常客
一定正和这个孩子的爷爷奶奶
在这座楼上,喝茶、赋诗、话桑麻

听完五岁幼儿随口吟出的《登楼》
我一定双瞳发亮,慈爱地抱起
这个发结高束,白萝卜一样水灵的孩子
我会忘了口唇上月光的厚度
亲他皎洁的额头,像邻家的外婆

苏东坡坟前

从四川三苏祠
到河南三苏坟,踏两小时白云
就能丈量生与死的距离

而生与永生无法丈量
诗人邈远的目光无法丈量

清癯,飘逸,从容,纯粹的苏东坡
你身着布衣,手持书卷,面向西南
我仰望你
你仰望世界的上方

你墓前的石瓶已刻满风的裂纹
而我觉得,它依然装了满满一瓶水
插了满满一瓶思乡的柏树枝

我是你蜀国的弟子,千年万年不见
我还是要告诉你
明月依然因你而婵娟
大江依然因你而东去

大江东去,泥沙俱下,蟹语横行
千疮百孔的历史
在伤痕的某一处
我看见你才情逼人的诗文被押解
被蹂躏

我一路跟随,你在哪儿落脚

你在哪儿磨墨展纸
你在哪儿哪儿就有你的光芒你的竹林

一次诋毁
你迎风飞扬的白发又高了一丈
一次谪贬，你胸襟里的大道义大情怀
又扩展了一轮，又一轮

在你坟前在你旺盛的气息中
我大口吸着千年前文字的氧
我要和你一起坚守高贵
甚至坚守屈辱
缺月挂疏桐啊我要学你
诗歌在深夜，一个人享用孤寂

阅读庐山

只有一座庐山
阅读庐山，要带着顶礼膜拜的心情

阅读庐山的骨骼和香气
阅读不一样的险峰，不一样的荆棘
不一样的风云

白居易站在花径
还是那样四月，四月的桃花
李白的瀑布还是那样挂着，一挂

就是千年！"葱茏四百旋"
把我急切的目光折弯
翻开庐山第一页，已是傍晚

阅读暮色，暮色在落地窗中
已沉淀为巨大的静
阅读岩石，岩石被树根和云雾浸淫
带着豹一样的条纹

阅读老房子，那些故事，桌椅，床
还吸附着过多的气息
在雨中热泪滂沱迎接来宾

不小心触到一段细节的痛处
历史沿书脊泻落

月光穿不透厚厚云层
那种沉闷的痛啊大过悲悯

浓墨重彩是这座山的集体记忆
这个秋天我阅读过了
我夹一片黄叶在斑驳石梯

在雾中

怎样才能记下那一天
我轻飘飘的脚步
像梦的软,像蒙面的羞

像红枫抬起芭蕾的足尖
点着空气在走

不由自主地,鬼魅般地
被神秘,诱惑,欲望之神引领
走进去,更深地走进迷蒙中去
踩着雾的悬梯,一直走到天上去

登上含鄱亭
混沌一片。我要怎样
才能突破这美丽而虚幻的围剿

不经意间,厚厚的幕帐掀开一角
群山万马奔腾,以倒海之势向前滚动
没有音乐,听不见喧响
只有阳光一遍一遍撩拨着雾气

我和万物伫立着
静静等待
"云蒸霞蔚"这个词的出现

箜篌城

时光从数千年前流泻而至
又往后飞逝
高速路上，一群人挟风裹雨
穿过一支被遗忘的乐曲

快啊！卫国已远去
箜篌城已深埋
天空的门渐渐关闭

一截土夯的城垣
就是遗址。大树空空
我们似乎被果实抛弃了

有人从手机上搜出一架箜篌
试图从图片找回卫国的表情
用感觉触摸屏幕
触摸一具音乐的胴体

我猜想那时水是丝弦状的
风是蝴蝶状或者弯弓状的
那时种箜篌如同今日种大蒜
大蒜洁白穿一层薄薄的贴身紫衣

那时几百台箜篌列队鸣奏
如同昆山玉碎，芙蓉泣露

师延和一群曼妙的紫衣女子
一群古时候的文艺工作者

在欢乐和忧伤中,将一个王朝
弹拨得飘飘欲仙

歌舞、龙辇和刀枪剑戟
卷土重来
我的城池响了

到了中牟

到了中牟
就是到了中原
到了华夏最早升起的炊烟
就想用瓦罐盛水，用鼎煮汤
用苇草盖一座茅屋
种田就种圃田
就想随一条黄河鲤鱼游回历史
抚摸深陷于波涛里的天空
就想匍匐在地
亲吻厚土里的亲人
以及石磨重压下的黄昏
就想一一召回
从黄昏传来的鼓鸣声厮杀声
从崔苻泽，从官渡
从一代一代铁蹄践踏的血泊里
就想粮食就叫粮食
永远不叫粮草
就想给逐鹿中原的将士
每人一只大碗
盛满母亲锅里热腾腾的河南烩面
啊！到了中牟
月亮还是那么白
仿佛从未染上时间的沧桑

雨声

这个上午一直下雨
这个上午让心中藏着太多雨水的人
如逢知己

自卫国以来,中原流行弹拨乐
用箜篌弹拨出的雨声
与这个上午一路相随

从静泊山庄出发
雨声敲开湿地的门楣,水制的丝绸
雨声落在一坡野花的裙子上
雨声让树叶与树叶相互撞击

雨声在两只白鹭的身体里荡漾
它们弯曲的颈脖像闪电
顶着一枚雷霆在雨中缠绵

一滴雨一滴雨和另一滴水
抱在一起
形成五千亩那么大的一滴

在雨中,在雁鸣湖
我摸到了中牟的另一层皮肤
皮肤渗出草香
毛孔里有最新的鸟唱

一个心中藏着太多雨水的人
站在雁鸣湖边

就像站在希望和恩典的门前
不由得哗哗哗地想

雨过天晴，必将有一场盛大的回归
水回到清澈，天回到蔚蓝
诗歌身披霞光回到三千年前

致徐利

在一群孩子的翻滚和腾跃中
我看见了大汗淋漓的你
看见了执著

橡树下悠悠的秋千不是你
月光里的咖啡也不是你
你选择了奔跑，嗒嗒嗒的蹄声
是你生命的时钟，是你不停的脚步

我仿佛看见你一早起来
挽着篮子，站在森林与湖水之间
采集最新鲜的鸟鸣、露水、薄雾
和第一缕清风，——交到
孩子们手中。你用形体告诉孩子

请认识它们！认识它们
就是认识舞蹈的节奏
万物生长的节奏。就是认识东方
认识韵味。意境。美。比如风

有时是直立的，有时是叶片状的
有时又蜿蜒如路弯曲如根
比如彩虹，不仅是你的长绸
还是你延伸的手臂
还是你无限延伸的时间和空间

长绸舞起来,长绸舞起来
一匹巨大的七色发光体舞起来
一群孩子,渐渐长出羽毛长出翅膀
我看见了你的斑斓你的飞翔

百岁母亲

让我抱抱你,闻闻你的气味
我的母亲如果还活着
和你一样,正好一百岁

你的身体散发着昔日芳香
有着细棉布一样的柔软质地

你只是笑着,风调雨顺地笑着
没有牙齿的笑,单纯得像婴儿

你的眼角有一粒硕大泪囊
那是岁月流淌的缓慢结晶
你银发静卧,像原始森林的积雪
目光像高树上的柿子甜甜软软
落进我的掌心

然后你就沉默了
无边无际、深不可测地沉默了
仿佛回忆仿佛幻觉
仿佛对时间、生命和万事万物表达谢意

我痴痴地沉默在你的沉默之中
白茫茫一片,又繁花似锦

静静的山水
静静的福利院
唯有百岁母亲能听见
寂静和寂静生长的声音

重阳粥宴

世上还有什么佳宴能比得过粥宴
比得过九九粥宴

那些缺牙、柱棍、银发飘飘的人
那些怀念家乡，思念月光的人
谁能绕得过这九九八十一桌粥宴
和这个重阳节的感动

黏黏的糯糯的粥啊
掺和着红薯、南瓜、青菜、碎肉、葱的
粥啊！它在锅里咕噜咕噜地吐着泡
多像一个母亲絮絮叨叨
抑制不住的喜悦啊

长江边的石头还坐在原地晒太阳
城市轻轨已从头顶飞驰而过
一盘盛大的风景转动着门前的
松、竹、梅、道路和渡口

一锅五十年前用野菜煮粥的香气
从过去的诗句里跑了出来
那么多那么多思乡的人中
我突然看见了王维，他衣袂飘飘
插完茱萸也来这里，喝粥，喝母亲的粥

十二月的阳光

打开所有的窗子所有的门
把你接进来，十二月的阳光

我要让十二月的阳光一克拉一克拉
聚集在针尖上

我要把十二月的阳光连同我的体温
织进一条围巾，一双手套
一顶毛茸茸的帽子

我要把十二月的阳光打成捆
装进大卡车。我要跟随十二月的阳光
翻山越岭，去看望我留在大山深处的孩子

我的这些孩子，名字叫"留守儿童"
一场冻雨，打湿了他们刚刚冒芽的
嫩绿的羽毛。寒风蜷缩在大山的寂寥里
我的孩子们站在最低的枝丫上

我要和十二月的阳光一起
抚摸他们冰冷的小手指
教他们认识"温暖"两个字

我要让这个冬天不再冷，让乡村小学的
歌声、笑声、琅琅读书声
开满十二月的阳光

你是我的红樱桃

我不知道是哪一个晚上
一座山的樱桃树都举起小颗小颗的星星
但是我知道你是我的红樱桃

我不知道篱笆和围墙是否能挡住季节
但是我知道我的樱桃红了
拎着自己的小灯,不知不觉
　　一盏一盏地红了

青春的潮汐来临
伴随你的是枝叶间挂着的雨滴
是雪花,是潺潺的溪流,小鸟的鸣啼

我不知道谁是你的父亲母亲
但是我认识他们
他们一身灰尘,行走在远方城市的夹缝里

站在山顶,我看见你了
我看见你站在斑斓而苍茫的风中
你的目光一直遥望着远方

你看见我了吗?我就是你的姐姐
你的妈妈你的奶奶,和你一样热爱家园
我们的红樱桃家园啊
我对你的牵挂就是对家园的牵挂

我还听见你的呼唤了
你酸酸甜甜的声音滴落在我心上
让我微微战栗。那么多那么多的红樱桃啊
你就是最美丽最动人的那一颗

在这个生机勃勃的四月,我还知道
我将与光芒携手,跟随红樱桃行动
我的爱就从一粒樱桃般的文字开始

悼抒雁

2月14日。凌晨
漫天雪花开得如此绝望
黎明奋力冲破黑夜的喉咙
吐出最后一丝带血的朝霞

我拿着手机，发愣、发呆
不相信这是真的
我们尊敬的兄长抒雁
我们杰出的诗人抒雁
"离开了他无比眷恋的世界"

他怎么会不眷恋
如果把他所有的诗篇铺展在大地上
就是一幅无比瑰丽的长卷
这个站在山顶吹铜号的诗人
号声鹰啸一般穿过苍凉
他有什么理由从高崖急速下坠
岩石列队等待谁来演奏

这个小草一样歌唱的诗人
从泥土获取的力量多么巨大
我相信一根草尖足以顶住一枚雷霆

这只始终处于飞翔状态的
来自巍巍大雁塔的雁啊
他骄傲的翅膀凌驾于风之上
被诗神眷顾着庇护着，一刻不停地
飞过工厂、矿山、森林、牧场

凝固的身影，怎么可能
与落日一同坠毁在地平线

翻开今年第一期《诗刊》
还留着抒雁的诗
那些苍松翠竹般挺拔的
充满生命气息的句子，在二月就被
折断，我怎么能够接受从文字的骨头
迸发出短促而尖锐的撕裂声

可耻的凶残的贪婪的病毒们
我鄙视你！你只配躲藏在小小的细胞里
在一个凌晨哗变，夺走一个人的生命
而我，依然要把胜利者的勋章
送给他。我相信战局尚未结束
他一定不是你的战利品

因为我们兄长般的挚友抒雁
他是诗人！他光明磊落，心襟坦荡
他对世界怀着深深的悲悯
他洁净的手从不多拿世间一草一木
他带着诗歌一起飞翔
他骑着的那朵云就叫永恒

悼作荣

作荣没了!!!
短信里三个惊叹号
顿时我心狂跳头发麻全身颤抖
泪水涌出来

怎么就没了呢
七月还见过。刚当选的会长
拟定一大串要做的事情
这个不守承诺的人
这么快就丢下黄山会议厅
丢下所有诗人
一个人去冰峰之巅享用白色孤独?

这个高雅、洁净、清廉的人
被诗神特别眷顾,赋予特别多才智的人
这个写诗、编诗、评诗、讲诗
天南地北采摘茂盛诗句的人
这个把老中青几代诗人的友情和眼泪
一网收尽的人。这个好人
他还在向白色向孤独深入

人啊
你认识你自己吗
你能说出体内都蛰伏着什么样的敌人
伺机而动?你能改变那些纹理和走向
避开暗礁,躲过那些电闪雷鸣?

夜的心脏总是不堪一击

又是一个凌晨两点
漫天雪花开得如此绝望
又是一个黎明,落入灰烬

一年中就没了三个最好的诗人
没了抒雁,没了牛汉
现在作荣也没了
现在我们的天空
空落落没有翅膀没有白云

作荣没了
作荣的书还在作荣活着
作荣珍贵的文字活着
四本五本六本,立于案前
我去不了京城,就在作荣的书前送行吧
我洗手,焚香,点亮蜡烛
接着写诗。当我静静地做完这一切
我听见所有文字都痛哭失声

悼燕生老师

你好，燕生老师
想起你就想起1984年，大兴安岭
想起墨绿的樟子松和洁白的雪线
都柿果玛瑙一样铺到夏天的门前
而这个夏天，为什么鸟不唱蝉不鸣
鸟用沉默遗弃了整座山谷
北风折翅，只留下飞翔两个字
在空中盘旋。黄昏静静地融化
一个老人，不，一个孩子
被谁领走？你好老师
想起你就想起这些年你灿烂的诗情
还有我刚刚读到的《人民文学》，《诗刊》
你在病中，喘息的笔尖与痛苦携手
那些文字如骨如血，力透纸面
你爱诗如酒，爱酒如诗，爱诗爱酒
如爱朋友。想起你就想起天南北地
多少人视你为自家最可信任的兄长
多少青春的句子一枝枝拽着你的衣角
拉着你的手。你没有勋章，没有爵位
没有遗恨，没有欠债
没有这一切的灵魂多么轻松多么洁净
你抱紧落日，袅袅上升
随身带着尘世间的金子，老师
现在你已到达哪一朵祥云的宫殿

悼熊威大哥

手臂佩戴乌云
整个上午被浓重的阴影覆盖

熊威大哥
一个世上最好的兄长走了
一个一生关爱别人,而唯一忘记
分一些关爱给自己的人,你静悄悄走了

当又一个车水马龙的黎明到来
你拼尽了血液中最后的力气

在这个逆时光而行的上午
我情不自禁回到1982年
回到巴县衙门,木板房,回到那顿晚餐

能仅仅叫晚餐吗?在那个贫瘠的
一分钱都要掰成两半来花的年代
我和我的诗歌朋友
王长富,徐国志,杨永年

能说我们吃的仅仅是鸡鸭鱼肉吗
我们一顿饭吃掉的,仅仅是大哥你
两个月,甚至三个月的工资吗

只有亲人才会付出的实实在在
只有亲人才配享有的实实在在

在你的遗像前我想对你说

我是你的亲人
我能享有也能分担

我老泪纵横的笔与你家人携手
将送你去一个蔚蓝而且辽阔的地方
那地方叫天堂。有鲜花有云朵
有彩虹连接你人世间无尽的眷念

大哥，请记住你是被神领走的
你的步履一定要轻松些
你回头张望时请带着一如既往的微笑

又一个诗人到月亮上去了

又一个诗人到月亮上去了
他叫国志,中国的国,志气的志
今夜月光清瘦,洒落一地碎瓷,精神的
碎瓷。诗人这个称号,让人尊敬
又让人想到廉洁和清贫
骑着一支笔纵横驰骋的只有诗人
站在庄严和敬仰之巅的只有诗人
又一个诗人到月亮上去了
只有诗人才配授予天堂的钥匙
一个时代有一个时代的诗人
为什么天空传来诗句与诗句
雨水与雨水,铁与铁,钢与钢
频频撞击的铿锵之声
为什么钢铁和花瓣都留下指纹
那是工人诗人国志永远的脉动和心跳
带着60年代,70年代,80年代
不可更改的风雨
又一个诗人到月亮上去了
有李白杜甫的月亮
有抒雁作荣的月亮
他们一起去细数另一个星球
有多少树多少溪流多少鸟叫
还有多少酒多少诗多少友人

杨梅树

刚刚卸下果实的杨梅树是轻盈的
它们在风中行走，步履轻盈
张开的叶片有如微笑，微笑轻盈
说话细声细气，唇齿轻盈
皮肤下潺潺流淌的溪流
呼吸轻盈。杨梅树放松的状态
是静谧、祥和而令人陶醉的
它们休生养息，抓紧读书
把雨水、露水、鸟声当作文字
一颗一颗，带着芬芳的心情来读
云烟生俏，薄雾一挂一挂
围住牛皇村的脸。杨梅树的梦想
绯红而略带羞涩。它们内心的光芒
有如花朵，早已提着数不清的小灯笼
飞往漫山遍野的枝头

听酒讲诗

来啊，诗人
来赤水河，来中国的白酒波尔多
你要谦虚的来，带着朝圣的心情来

如果你发觉自己已经老了
目光凝滞而枯涩
更要快些来，穿云破雾而来
跋山涉水而来
从高速公路飞驰而来
来接受酒的滋养，酒的培训

酒，坐在最高的讲台上
一滴一滴循循善诱：看吧
这坛微黄的液体，人们称它为时间
窖藏三十年、五十年、一百年的时间

它滤掉一切杂质，醇厚、绵长、优雅
清澈透明，人们称它为品质
它直率、豪爽，不懂世故
不屑于急功近利。来啊，诗人
把嘴唇贴近开满杜鹃鸟啼声的杯沿

当诗歌终于遭遇美酒
你发觉文字已经白发转青
意象生成有如酒菌一样繁衍
回到纸上，你竟然疾步如风
豹一样行走

城口彩叶

我在城口听到了彩叶大合唱
分为三声部四声部五声部的大合唱
大巴山澎湃的激情
只能用彩叶的形式喷薄而出
我看见它们，站在十月、十一月的台阶上
带领城口，带领风、峡谷、河水一起转动
带领绿的黄的紫的红的颜料迅速蔓延
蔓延至诗歌。蔓延至爱情
我看见城口的爱情
就这样极其奢华地斑斓着飞扬着
至真至美，从谷底直抵天空
直抵生命的顶峰
我在彩叶的脸上找到了城口的表情

林场场长

他是绿色的。他的领地
居住着五十万亩松树柏树漆树银杏树
五十万亩彩叶，五十万亩花香
他必须懂得剥开一层一层鸟语
在鹰的喙上，学会口技大师的表演
懂得躲过危险，躲过野猪和熊的攻击
他甚至必须懂得可能发生的干旱
冰雪、虫害，在一片树叶的经络里
理清季节和生命的走向
他是现代版的，年轻、帅气
热爱诗歌。岩石和花瓣上都留下他的
深情。他对人实诚，朋友很多
可以说没有敌人。他唯一的敌人是火
有时在明处，有时潜伏在暗处
令他猝不及防。他是遗憾的
大美山水总在他镜头之外指墨之外
而他与敌人一旦交战
就只能是输家，小输即胜

巫山红叶

这就是我看见的巫山
壁立着,把千千万万张红叶
从十二月的寒风里轻轻抱起来

我看见的红叶,一笼云雨
锁不住关不住的红羽毛鸟儿
摇曳着飞翔着
高高飘过巫山的头顶

巫山红叶是一束光
站在星辰的前面,穿透夜的深渊

这一刻我看见人群在仰望
神祇俯下身来,一齐用敬畏的目光
抚摸这时间峡谷中
被电打过雷劈过的红
历尽沧桑的红

它早已红进祖辈们顽强的筋骨里
红进岩石的血肉里

这一刻我看见整座巫山
站在悬崖敲锣打鼓!这一刻我看见了
二百万年前的欢乐、舞蹈、祭祀和天堂

巴楚之间

巴人一生藏着太多云雾、树、岩石
太多惊涛骇浪

巴人无法破译
生命中那些陡峭而嶙峋的密码
认定世界就是由岩石和水堆积而成

巴人多数时间都在划定的区域内
打转转。N次去巫山
N次过白帝城

N次穿越大山腹中的隧洞
穿越偏僻的村庄，冷涩的典故

一朝至楚
楚阳光灿烂，脸廓开阔
紫气东来，一江的金子滚动
船只行走于光芒之巅，不再失足

巴人快步登上至喜亭
何为至喜？习以为常的喜不是至喜
楚人好啊！楚人懂巴人的心情啊

巴人以为，酒是为巴人备的，至喜亭
是为巴人修的
为纤夫，为过客，为历经生死搏斗的
船只修的。巴楚之间
一气相通一脉相承

巴人眼界宽了宽了
一双睫毛已挑不动这慷慨的赐予

往下看，看见平原、大坝、鱼米之乡
往上看，看见雪山，看见古人
一朝朝一代代，穿激流过险滩
曾派遣多少词语修栈道
又留下多少故事暗度陈仓

我要去邓州

心里藏着一股流水,流水不息
我要送一些给别人。我要去邓州

骑一匹只吃油不吃草的马,快马加鞭
直下南阳至襄阳,我要去邓州

去约会一个古人,翻开一座书院
细数有多少小径多少楼阁多少楹联

范仲淹在石像等我千年。等我靠近
靠近一个北宋文人的博大情怀

那刻于壁立于峰,骨魂汹涌的字墨
朝阳一样每日从花洲书院升起

我必须牢记其中的十四颗:先天下之忧
而忧,后天下之乐而乐

冠绝古今的赋词,写在邓州,读懂它
并渗透于城市精神之中的只有邓州

范公用过的天空还是那么新,时值中秋
月亮胖起来,我要去的必须是邓州

北上的水

一路北上的水，丹江的水
从第一滴数到最后一滴

要翻九九八十一座山
跨九九八十一道坎
要行走一千二百七十七公里

除了北上的水，谁还会飞翔
它没有羽毛。谁还会奔驰？它没有蹄声

谁能站立于湍河黄河之上
与苍龙比肩，俯看大地
大地勤劳，大地尚在妊期

除了北上的水，不同凡响的水
谁能取出石头中的乳汁
把花朵和禾苗从烈日下抱起

谁会这样汪洋而慷慨，一路欢歌
把清澈送走。把血与汗与泥沙藏进记忆

想去你想去的地方，听一听终点站
哗哗哗的掌声，你就跟着北上的水走
想见你想见的人，崇敬的人

你就来豫之南！还有谁比邓州的水
更懂得出发和奉献的意义
还有什么比意义更久远

我走过石头

我走过石头
走过万盛才有的石头
碳酸盐石
边走边看。很多时候
我以为我是走在一群蛰伏的白龙中间
走在龙骨、龙身、龙尾、龙的关节和爪子
中间。我似乎闻到了它的喘息，它的呼吸
它气宇轩昂，全身金鳞闪亮
手指轻轻一触
石头的肌肤轻轻一弹
我似乎摸到了它深藏在肉里的汗
现在它站着、躺着、卧着、蹲伏着
我相信它行走的步履一定坚定而决绝
它肺部的光影一定像白昼一样巨大
它如果悲伤
天空一定有大滴大滴的泪水落下来
整整三小时
我就这样鬼魅着，惊悚着
随黎明走过长长的时间隧洞
观看星空与苍茫大地，在六亿年前
联袂上演的一场颠覆版

鸟叫

这个早晨
误以为闯入口技大师表演
鸟叫声让天空显得拥堵
仿佛城市早高峰
一只接一只长尾巴的斑鸠从荆棘丛
起飞,瞬间穿过朝阳
降落在对面树枝上
一群叶子拍手叫好,搅动
春天的浆汁噼噼啪啪四处喷溅
目光跟随满山鸟叫胡乱地飞
怎么也达不到翅膀展开的半径
一座山绿不绿,绿得有多深
全藏在一只鸟的喉咙里
这个早晨我听见鸟群的鸣唱
正形成清澈而嘹亮的光芒

走。沿着鲤鱼河走

走。沿着鲤鱼河走
坐惯汽车离不开电梯的人要走
全身裹满灰尘的人更要走
山径盘桓,溪水高悬,岚气款款上升
漫山遍野的灯台花已照亮黑山谷
时间偶然一次停顿
就成了谷底那块顽石
走吧!如果你是诗人
尤其要走。此时你走得大汗淋漓
此时你正洗森林浴
森林浴一扫内心阴霾
一扫词语的萎靡之气不洁之风
生命再次增氧。走吧!请不要停下
此时不说年龄不说工作不说体检
随手扯下一尺羞涩的云霞
满山杜鹃都成了你相思的病根

在小南海你看见了什么

你看见水，碧绿碧绿的水
水中有岛，岛中有树，树中有寺

你看见白鹤、鹳、野鸭、鸳鸯
一群蓬松的词语在水面翩翩地飞

你看见成群结队的巨石
在水中在岸边，奇形怪状，极不和谐
或卧、或蹲、或立、或跪
沉默着。存在着，存在是为了作证的

你看见来自地球内部的挤压，何其猛烈
鹰叼来一行绝句，悬挂于绝壁

当黎明穿过长长的隧洞
穿过夜的喉咙，你看见了时间

你看见1856的清晨，小羊羔唇边
第一朵带露的紫花，武陵山盛开的马蹄

你看见了水下，一个村庄一座森林
一千人三千牛羊八面风暴十面出击

仅仅一百五十余年
水就成了琉璃，眼泪就成了钻石
灾难就成了风景

你被一束光惊醒！你看见了沧桑
你看见小南海在暮色中沉淀为巨大的静

风雨濑溪河

仅仅因为在雨中,在雨中的濑溪河
因为这水制的丝绸
波光粼粼的宫殿
我喘息的笔尖,就不可抗拒地
随河心的瀑布腾飞与坠落

因为在雨中,在雨中我举着伞
走过斑驳的石板路
闻到古旧气息游丝般穿过路孔
我随身携带的流行词汇
在第一级台阶就开始跌倒

因为不小心跨过大荣桥
与牵牛的村姑擦肩而过
一步回到明朝
我就随时间在濑溪河里漂泊
掩映在一群奔跑的翠竹林中

仅仅因为雨还在下,雾还在涨
我就被汽化,或者羽化
风随意翻动我隐秘的心情
这弥漫性的美丽感染谁来医治
大雨中我禁不住和古镇一样老泪纵横

下午

水车的一角磨蹭着小狗
牧草磨蹭着牛羊
古镇磨蹭着时光

五百年前的下午是否也这样明媚
村庄也这样安详

三个妇女背着柴火
高高低低走过大荣桥

我找到了静

静就是人的声音很小
风声，水声，植物的声音很大
油菜花在对岸高喊自己就是光芒

自己的琴

我们只能把一具音乐的躯体交给它
把长脖,削肩,细腰,肥臀的
唐朝女子,交给它

把吸附在一块木头上的力
浑厚的,精细的,柔婉的力哟

只有手中握着五千年流水的人
才能制作中国人自己的小提琴

那血液中奔跑的马群
那粉碎的水,大海的潮汐
还有桃,柳,海棠,在风中发出的颤音

当我们一搭弓,一揉弦
情不自禁就把信任,祝福和赞美
交给了它,这双粗糙的木匠的手

草根的花

我要把三月的词语全部献给油菜花
天气这么好,我尘封的心思尚未打开
一座花园就在天空飞翔

空气中飘来家乡的气味
炊烟和餐桌的气味,油焖太安鱼的气味
这些气味与油菜花有着直接的联系

这平民的花,草根的花
它不富贵,不矜持,不高傲
不登百花讲坛,不争百花奖

它开小朵小朵的花
拎小盏小盏的灯,直接照亮百姓的生活

它一代一代从庄稼人的梦里长出
洁净、繁茂、灿烂
高过花朵中最高的帝王

花期过了就过了
它从不悲观,从不自弃
它将继续以饱满及爆裂的形式表达兴奋

花冠

迎面而来的城市姑娘
人人戴一顶油菜花冠
时尚而另类,她们的笑声
在风中与花粉纠缠

像是赴约春天的集体婚礼
像是选美大赛归来

翩翩欲飞的红裙子绿裙子
请不要问我的年龄我的来历
戴上金色花冠,我和你一样
就是村姑
就是大地赐予的金冠诗人

就是新娘
白发依然羞涩
看见花蕾就像看见心中的殿堂

现在我要走了
我把细数花朵的任务交给蜜蜂
快去吧,用感恩的心去占领它们

一片叶子

一片叶子
让大山张开了翅膀
在海拔 800 米至 1200 米之间
打下它的江山

人们用最大的敬意和善意
对待这些从岩石中崛起的叶子
这些叶子有血有肉
讲　口纯粹的武陵山方言

我要在阔叶上建一座绿色银行
小一点的叶子建一台自动取款机
窄窄的一片,我也舍不得扔掉
它正好用来写诗

一片叶子,能测出云的重量
它一次一次挽着朝阳
擦拭大山的额头
油浸浸的皮肤黏住了我的手指

紫气蒸腾,树枝挂满露水
整座大山无比珍惜地环抱着
呵护着,这片生意盎然的叶子

一片叶子
当人们称它为烟叶
它就是一种植物;当人们称它为
烟草,它就是经济

一碗蜂蜜

一碗蜂蜜摆在面前
吃吧！尊贵的客人，就这样吃吧
这不是常见的蜂蜜
这是一幢琥珀色楼房
从六角形通道流出的，是醇厚
饱满、甜得有些刺喉的原生态山歌
它多像眼前这座小屋
一户普通山民的小屋
朴素、明亮、温暖
格桑花金盏花一路开到门前
一群蜜蜂口含琴弦
围着大土碗嗡嗡嗡地飞
这是一群有情有义的蜜蜂啊
它们是怀念故土
它们是来看望被拆卸的房屋

天生三桥

搭在有限和无限之间的桥
上帝和人类之间的桥
天造地设的桥

造得如此奇崛、完美
完美而不激起诸神嫉妒的桥

人啊,蜂拥着来到桥下
为何呼吸紧促双腿发软
为何笼罩于巨大的惊恐之中

鸟声为何削得如此尖利
峭壁上的野花为何开得
如此灿烂如此绝望

搭在时空的桥
只能看不能走的桥,孤独的桥

除了苍鹰,没有一个人
能丈量桥的高度和长度

唯有诗人,获得神的庇护
在仰望与敬畏中,他的诗句
成行成列在桥上安全通过

我的北碚

在离北碚还有三十公里的地方
空气中就飘来炊烟的气味
家的气味,亲人的气味
整片春天被高速路分开
我像是带着一座花园在飞奔

在这个盛大的五月
我早已被思乡的月光打痛
气喘,头晕,心跳过速
手里紧紧攥着一把汗
一把花香,一把鸟语

我磅礴的相思
早已交给雨的手指抹绿崇山峻岭
只有翅膀才能为我们带来天空
在我内心,集合了多少缙云山的鸟群

水从高山跳下来
花朵从石头里伸出手来
狮子峰站在云上与我对视
我的肺里有你树叶飞卷的声音

我一刻也没有停下的笔
奋力追赶你的桥梁,道路,古镇,新区
一天天一年年
我在你绚丽的光里播种
吸入你山涧的水,嘉陵江的水
吸入你水一样源远流长的文化和精神

我是北碚的诗人
我骄傲我是我的北碚的诗人
新出版的书,我要发给站立在风中的
橘子树橙子树枇杷树桃树,人手一册
风吹过,噼噼啪啪
那是它们既绿色又环保的诵读声

我回来了,带着白发
落叶和一身尘埃。可是北碚
你不会不认识我,我还是穿着那件
你熟悉的格了衬衣,汗渍斑斑
还是你熟悉的诗歌的老黄牛
把头埋进你的青草
一副憨愚陶醉的表情

我还是你坡地的一棵萝卜
虽然被命运的酱汁反复腌制
还是你矮小的灌木,昂扬的枝叶
磨难和信念把希望赐予了一个柔弱的人
我还是你的云你的雾
那么软,那么轻

在我的梦里,北碚
你已被我抚摸过一千遍一万遍
而此时我却找不到文字,找不到语言
我只能匍匐在地匍匐在地啊,亲吻你
亲吻你泥土里的乳汁,泥土里的根

阿蓬阿蓬

阿蓬，我这样叫你，就像在叫
一个妹妹的名字，一个土家族或苗族的妹妹

你裙裾上的花蕾在四月
爱情一样欲言又止
石头中的云朵，时而沉重，时而轻盈

事实上你是一条江，阿蓬江
摇曳在武陵山苍翠的风中
那清澈那纯粹令我羞愧

我看见悬崖上三只小鸟跳过树枝
带着机敏的眼神

我看见篝火，山歌，米酒和响当当的明月
是你，作为礼物送给那些古镇
那些寨子，那些欢乐的人群

你是充沛而肥硕的
而我进了峡谷，才知你的细腰
细如游丝。我必须跟随一条鱼
才能啄开一线天的裂口
走进这绝世的美景

你是我每天出发的地方
又是我每天到达的地方
出门就见到你，凡有水的地方都是你
阿蓬阿蓬，你就是妹妹，就是母亲

我在酉阳等你

我在酉阳等你
在酉阳的桃花源，在桃花源的
陶渊明

这个盛大的季节
大地勤劳，四野澄明

你要空着手来
你要空着心情来
扔掉你扔不掉的杂物
那吸附在血液里骨头里的杂物啊

你要扔掉你的绸缎你的锦

如果你碰巧是位诗人
碰巧又是诗人中的老人
你更要轻装，更要快些来

扔掉你的废墟，扔掉你的累累伤痕
你只需带一件行李上路，那叫自省

你不须搀扶，不须拄棍
心中有菊、有篱、有南山
一首田园诗足以滋养你的健康

你皱巴巴的皮肤一碰春天
准会抽出几枝桃花
你苍老的眼窝准会流出几滴清泉

当你诗里挂满稻谷、山歌
和野芹菜，那若有若无的草香
会带你渐入佳境
我会站在桃花园诗社的版面上，一直等你

三月垫江

当色彩于我已是一种不可企及的距离
三月的风,像赶羊一般
把遍地斑斓赶到我的面前

垫江你好!你古老而年轻的脸庞
被四万亩牡丹的芳香轻轻搓揉
多么娇嫩多么华贵

三月垫江,以热烈,以状态,以氛围
以美到极致的美,笼罩一切迷死一切

我来了!为你写诗来了
而我在三月垫江却找不到语言
找不到复制和再现的可能性

时间停留在三月的焦距上
我只能静下心来
想想年轻时梦中都发生过什么
都被什么样的光,洗濯过,照耀过

幸福

花的眩晕花的润泽
花的旗帜花的生活

尤其这是牡丹
尤其这是垫江
尤其这是农家种牡丹如种庄稼

一个人一生与花相伴多么幸福
一片土地世世代代搂着花香多么幸福
一座城市被花托举多么幸福
一个国家盛开富贵多么幸福

雨中看牡丹

你是哪一阵潮汐来临
你是哪一棵仙子下凡

你的吻
一朵一朵不知深浅的
你的诗句一茎一茎
少女一样，娉娉婷婷的

你的爱磅礴而瑰丽
是明月山一丘一壑共同的惊奇
你身体中的雨水
荡漾着无与伦比的美妙言辞

微微颤动，不敢触摸你
款款升起，不敢侵扰你

一只小鸟飞过，带着微风
你一个侧身
打湿了所有的人

仙女山

他指着峰顶三块岩石
说：她们就是仙女
我用目光迅速靠拢石头的肩胛
我用思绪逐一抚摸石头的肌肤

硬的，不流血的，却能
分泌出汗液让我手心微微发烫的
是三块岩石啊

我看见了年迈的自然之神
看见了我祖母的祖母的祖母

脚下是天坑，扔一粒小花种子
就能直奔生命的巢穴

我走进大地育婴室
双手捧起刚刚出生的小女儿
她面嫩如雪，貌美如仙

给她爱
给她云雾的襁褓给她衣袂飘飘
给她松树柏树给她马群给她牛羊
给她风光无限

一亿年再加一亿年，还有谁
比仙女行走的姿态更婀娜更轻盈
草木葳蕤，流水潺潺
仙女山丰满的臀部阔大如翅膀

那时：三不管岛

那时大地尚在蛮荒期
山神坐在苍茫与石头之间

那时骡马驮着盐和茶叶
辗转于茶峒、爬架、洪安

那时峡谷被雾状的恐惧笼罩
深深陷于自己的回忆

那时最是诱人的玄奥之地，骚动不安
群山呼啸如野马奔涌而来

那时树木横刀，花草饮血
决斗场上巨大的爱与恨痛彻心扉

那时湘不管黔不管川不管
月光像一位失语老人，行走于荒芜之巅

你就是我的那个秀

时光流动在一部小说里
故事一侧,历史在等,拉拉渡在等

渡过去你叫翠翠,渡回来你叫秀秀
秀秀吉祥!第一个看见入川的解放军

提着菜篮子,从老镜头中款款走来
河水清澈,仿佛没人用过没人发明过污
染

你就是我的那个秀,长辫细腰
一上岸你就贴着宾馆墙壁跳花灯

脚趾叩击夜晚,青石路上
一对缓慢的马蹄带来并不缓慢的春天

秀是一座山一座城。山峰充溢欲升之势
与光芒携手,秀色滴出金来

大地之心

它必须是裸露的，强大的，完整的
大地打开胸膛，捧出心脏
捧出触目惊心的玛瑙红

它必须是包容的
承载着天地万物赋予的美学
在大地之心，就是在岩石的根部
蕴藏四面山水，八面来风

一匹发光的水奔跑的水，一刻不停地
挟带着一千只猛虎横空飞来
一刻不停地捶打、撞击
置身于大宁静大喧闹
它必须是坚硬的，扛得住的

于鸟鸣的瞬间
于日月般恒久的相厮相守中
楔入浅浅一笔刀伤，是必然的
它必须像享受彩虹一样，享受
爱情中最小的一次差错

山光岚气冉冉升起
一块巨石在夕阳下渐渐软下来
大地之心，无比温柔，它必须是肉做的

爱情天梯

姐姐,我站在六千零一级
石梯上,与你只隔一步
我们修的石梯有六千级
多出来这一级是菩萨修的
是我们拜过的菩萨修的

比起我修的那些高低不平的梯子
可是好看多了。彩云做花岗石
空气铺绒地毯,雕龙画凤
画得像我们养过的鸡鸭

白天你看不见我
我随天空升高,升高
升到不见顶的空,熔化在太阳中
姐姐,我想你天天都有一个好太阳

一级台阶,隔开了天上人间
还是晚上好哇,一到天黑
菩萨就会怜惜我护佑我
石梯缓缓降下,降到与你相接的地方
我轻轻一步就能走进你梦里来

我这不是又来了吗
今夜月黑风高
我知道你害怕听见野猪的嚎叫

走吧,今夜就走,我们一起悄悄的走
逃离流言。逃得越远越好

舌尖上的刀厉害，已戳得我们遍体鳞伤
二十岁的我，三十岁的你，我们正年轻

带上种子、粮食、工具、铺盖卷
带上锅碗瓢盆、四个儿女，悄悄地走吧
一颗星星落地，请不要发出响声

苍天！你是不是看见
一队蚂蚁驮着微小的愿望艰难爬行

到人迹罕至
到流言流不到的深山老林去
岩洞给我们一个窝吧
松树柏树香樟树给我们一根枝条吧
就是给一根刺一根针
我也要用它挑起全部生活

四面山。四面山多情多义
野菜任我挖，菌子果子任我摘
一根竹筒引来山涧水，甜津津
树叶翻卷百鸟齐鸣加入迎亲的队伍
杜鹃花哗——的一声，宣布婚礼盛开
十万亩磅礴的芳香为我迎娶姐姐，我的新人

窗外月光堆积
小屋装满彩虹的碎片
屋檐挂着悬崖挂着冷峭
萤火虫星星点点拎着细小的灯
姐姐，我们手牵手走进
离尘埃最远离天空最近的洞房吧

我和姐姐相依相偎在一起
就像一只红薯和另一只红薯相偎在一起

夏季很快被鸟叼走
我们彼此把漫长的冬季捂热
一帕热水洗去我全身的累
一句山歌唱得我透心的醉
我和姐姐把黄连浸透的日子过出了蜜

原谅我，一生没有对你说一个爱字
我不会说。你也不会说
当我第一次站在悬崖，发誓
要从大山的骨缝里
为你抠出一条下山的路来
过路的老鹰不走，它以为
遇上一个疯子一样的同类了

它看着我这双青筋暴突
鹰爪一样，尽是疙瘩的手
一天天一年年，一锤锤一凿凿
扒开岩石的裂口，那裂口处
刻满整整五十年的血痕啊

有时，我真以为我是飞上去的
当我举起铁锤、铁钻奋力敲击的时候
我看见白云都在颤抖
天空都一层层坠落

想我时你就往山上看
就用目光一级一级往上爬
我们的石梯站在天地之间

被山峰、云雾、瀑布、树，拥着
被万千气象抱着护着养着
它多么安静，多么幸运

六千级石梯，被称作爱情天梯
是后来的事了。是别人叫的
姐姐，现在我也学着说个爱字吧
我把石梯作为爱情信物
安放在落日悬挂的山岩
留给我永远的四面山，留给你

拉斯维加斯如是说

我极尽世上的奢华迎接你
金币铺路
少女手捧珠宝和红唇

高高垒起古埃及的石头
借用一座金字塔
压住西部寸草不生的荒凉

用卷边的玻璃配上花饰
用中世纪的浮云配上浮雕

火山与音乐一点即燃
一场盛大的秀即将开始
我引进威尼斯的水,一滴一滴

又一座富丽大厦即将竣工
夕照中它全身披挂幸福的巧克力

我的城池
建筑在人性最脆弱最贪婪的连接处
昼夜颠倒,我的生命从日落开始

我的时钟已处于临阵前的亢奋和冲动
我的臣民以机器虎为伴以筹码为食
我的上帝又聋又哑

如此这样，你可以体面地躲避崇高和良知
挥金如土，忘掉负债危机，你尽可以
毫无顾忌地

经济数字乌云密布
我人造一个天空
终日白云蓝天，将你笼罩

墨西哥湾

这一天，古老的墨西哥湾
正上演一场暴力悲剧
鱼类和海鸟穿上厚厚的盔甲

大海暴露出严重溃疡
它的血是黑色的，浓烈的，极其污秽的
像隔夜的地沟油

远处是赤道
一排波涛警惕地守卫在赤道线上

还是这一天，我梦见成千上万死去的鱼群
在深夜破城而入。它们不是游
是走，气势磅礴却又无声无息地走

走在我常去和没有去过的那些大街上
像一群赤手空拳的抗议者

飓风

我并不清楚我的企图是什么
从何而来,和大地有什么冤仇
一开始我只是个无耻小人
一路逶迤蛇行,让你以为
我在踢一场艺术足球

突然,我血脉贲张,发出咆哮
一只无形巨手,让地球从根部撕裂
让道路和山脉悬浮在空中
让你的房子车子树子,全都片甲不留

我拎起一片海洋
就像拎起一块丝质小手绢
抛上去又扔下来
在三千米高空,我调集全体风暴雷霆
往下砸!一次一次狠狠往下砸

我时不时都会这样来一手
管它是什么国什么家
管它有什么样的重武器我都不怕

这一次我取了一个好听的名字叫艾琳
在佛罗里达边上晃了晃
就一路北上,经纽约、波士顿到加拿大
我就是恶魔。专与骄横自负的人类作对
我不清楚是谁把我从那个小盒子放出来的

赌徒

她唇边那朵苍老的菊花
开得令人惊骇
她目光如梦如幻，掠过某一段光阴
她白发上的金色被谁用刀子一点点刮走
她曾经是个美人

她喜欢坐在这里
陶醉地。深深
吸进带着铜腥的斑斓气息
她以为一丝一缕，都连着她的前世今生

她一定爱过，恨过，狂喜过
悲痛欲绝过
现在她的爱变得心平气和，举止斯文
她的恨让一把锋利的复仇之剑
渐渐变钝

她来了
她实在太老了
慈祥的老奶奶不忘每天按时到动物园
喂她的宠物虎吃雪糕，比萨，小甜饼

她一生都在赌
输光了岁月
赢到的最大快乐就是没有快乐
相似于最高技巧就是没有技巧
她的脸就是一本翻旧了的赌博指南

得克萨斯州

焦渴的得克萨斯州
我遇上你百年不遇的干旱

你宽檐牛仔帽下的脸
露出裂缝和蛛网
一条河流抛弃了河床,离家出走

你的新闻
有一股毛发和皮肤的焦煳味
你的玉米期货,赔了

一株不识时务的另类植物
肉质花瓣开得像明星的大嘴
但是现在,我不喜欢这样刻意的谄媚

我喜欢你整日与牛羊和牧草打交道的人
他们戴着苹果耳机一边听时事、音乐
一边开着皮卡。在往超市送货的路上
知道了州长要竞选总统的消息

他们在这个夏季的汗水敲得土地当当地响
我听见了美国南方的心跳

我喜欢你草地上胆大而机灵的小松鼠
喜欢你不含添加剂的牛奶、牛肉和空气
我喜欢你的冰激凌

鸟声为什么突然沉没

树林的簧片被谁拆卸
昼夜之间，一百八十余次森林大火
烧死了数以万万计的树，我喜欢的树啊
长在哪儿你都是与我血脉相连的亲人

我必须带着你的烈日和细碎的橡树叶子
一早启程，由休斯敦高速赶往奥斯汀
我要到宽大的自然议会去旁听

我发现朴素的得克萨斯州
四处弥漫着我喜欢的乡村气息
我还发现，自然之神与任何人都不谈条件
直接宣布真理

雨

一百六十二天逢第一场雨
我抑制住所有感官的激动
索性端一把椅子
坐在二楼阳台上
如品茶、品酒一样
品味休斯敦的雨

不小心目光越过围墙
墙的那边,老年康复中心
两个工人正在翻修屋顶
此时他们站在雨中
镇定自若,紧握雨的绳索向上攀登

这偶尔的雨点
像华盛顿政要的一次抚慰性访问
六分四十九秒,戛然而止
飞机带着鸟儿的心脏重新到达云层
屋顶又响起咚咚咚的敲击声

约书亚树

你看它披头散发，衣衫褴褛
袖筒鼓满阔大的风

你看它收拾起踉踉跄跄的脚步
挥舞胳膊，始终对着黄昏的背脊

你看它紧握毛茸茸的绿色拳头
那是从砾石里取出的生命

河流在这里断裂
死亡在饥饿、焦渴、困顿与灰烬里繁殖

它到底是约书亚，还是约书亚树
圣经故事有几页扔进了北美的荒漠

你看它挟带着车速八十迈八十迈地跑啊
本质接近于飞翔

它引领一个不曾读过圣经，一生
处于艰难跋涉的旅人，行进在一种意义中

科罗拉多大峡谷

科罗拉多大峡谷
是科罗拉多高原
被科罗拉多河一刀一刀刻蚀出来的

最早的一刀
刻于十八亿年前
长达数百里的高原刑场
造就了地球最伟大的地质杰作

刑场的横切面
一座露天博物馆
不同年代的灿烂岩石发出凛冽之光

梦幻中的蝴蝶，强悍
而脾气暴烈的鹰，疲惫的双翼垂悬
它们最终没能飞出峡谷的大门

这时谁还能说出生在何处
神把我领进峡谷，神却不见了
留我一人辨认来路
一句诗投向苍茫，没有回音
它远不如古老印第安人投出的一只飞镖

这时谁还能知道自己是谁
谷线最表层的石灰岩
距今也有两亿多年
人啊人啊连附着在岩石上的灰尘都不是

夜雾袭来
将巨大的科罗拉多峡谷轻轻抱起
随即,又一片岩石的意志开始松动
它的记忆穿越时空无限地沉默着延伸着
让我震撼直至恐惧

我只能掏出从中国带来的一群意象
跟随对面山顶的瀑布
冒着粉身碎骨的代价去突围

海之诗

1
海
很静

序一样的波涛白茫茫
湿得磅礴而逶迤
海，微微掀起涛声

似乎是一刹那，似乎是一生
风云一幕幕退回背景
海的女儿，那只鸥
出发到找寻历史的上空

鸥的瞳孔射出光芒和渴求
仿佛为了今日
它要望穿过去与未来

拂开时间，远处是你
我的海你没有消失
在鸥群穿越风暴折断羽毛
在血流如注但没有痛感
在没有水，只有一股蔚蓝色气体

我听见鱼鳍滑过浪尖的声响
看见血，游动在波涛间

2
用回忆辨认图案

海在旋转,季节在抽搐
音符猎猎,虫语袅袅,沙滩蠕动
柔软地流出图案中的预言

椰子树一身金蓝
它披挂飓风和暴雨
苦难而庄严,作了眺望的象征

我注目岸边的小茅屋
命运的火焰手指一遍遍抹掉我
姿态优美,如抹掉一把草芥

我注目桑榆之日
红树林高挂团圆之月
一轮最圆的厄运

我注目墓碑,踏碎梦的暗蓝
一边是坟在含苞
一边是出海的船队
这么辽远而亲近的遗忘
这么亲近而辽远的追忆

海凝固了
我听见敕敕收缩,听见水的疼痛
那声音多像哭泣

双手紧握一把刺骨的冰凌
在不安的反省中,在烟雾里

3
我的鸥奋力飞过城市天空海洋和椰子树

我不再有岸了
咖啡制成的小屋
它不是人生的栖息之地

我该怎样对付自己创造的历史
是否一定要抹掉一些，甚至毁灭一些
一盏灯走完它的过程
是否已被风吹散
远远飘离现实的头顶

在这样嘈杂的下午
破碎的旧事悄悄聚拢
我又该怎样对付那些丑陋的鳞片
它们来自我的哪一部分过失

哦海洋，夜雾中的翅膀
火焰般频频回首的姿态
总是诚挚而无知的抒情诗人

4
鸥啊
一旦被捉住
一根草绳就能扎住双脚，反剪如小鸡

探照灯半睁半闭
扁平的树影没有立体
思绪越过空荡荡的书桌和拥挤的大街
被反剪的日子，与鸥一样退出舞台，自行
消失

上苍啊，这样的日子

堕落的行尸走肉的日子
密密麻麻，全是细节细节细节
错乱的卑琐的细节
我在细节的某一处下跪

地狱的朋友
总在午夜二时准点而来
戛然而醒，胸闷，心痛，翻身下床
到阳台捂胸揉肠直至寸断
想搬走压在胸口那块礁石
搬走进入灵魂的阴影

午夜二时我用什么驱赶恶魔
难道能依靠幻觉携带躯体出逃
逃出夜，逃出这阴云密布的海
无数自己的面孔从镜子东奔西突
严寒耀眼的白光在枯干的季节
在活着不如死去的生命里
述说某种灾难已到极限

5
所有钥匙和锁被你掌握
门翻过去就完全变形
我呼喊过挣扎过但变形的门关得太死

我缓缓移动到门的背后
我发现我是一阵风
行走在穿过枪膛的速度之间
并不会被击倒
走出门栏，回头望你
多想问这一切究竟为什么

却找不到嘴唇在哪里
语言在哪里

大片大片黑色和赭色的融汇
从一枚打破的蛋丸孵化而出
占满盆地的边缘
被野菠萝围困的王国
正上演一种最具体的文字刺杀
一道非人性化的数学秩序

6
遥对海
沉梦中的椰子树理应醒来
受伤的白齿，理应与受伤的心灵同行
咬动礁石和船只
咬动咬不动的月光

理应的一切似乎都不应
对于永不结痂的伤口
哭泣者，已不是眼睛
彗星扫过夜空留下一抹痛痕
我宽阔的前额
只应宽恕被椰子树和羽毛宠坏的风景

举烛祈问自我
昏黑的大海何时才有亮色
何时才有女巫派来的救世的灯

7

我坐在礁石上日日夜夜
直到语言凋零，血液流尽

我只能寄希望于百年之后
在大海的遗骨里迸出火光
天地旋转，人们能从漆黑的洞里
听到一只螺的歌吟
听到尸骨里几声不屈的惨叫

一只鸟或一条鱼，死去了
死去就死去了
没有比一只鸟或一条鱼死去更简单的事情了
在没有是非，只有霸权的海里
我注定是你片刻宝座的祭品

唯时间能证明死亡强大于一切
时间是比任何物质都顽强而无情的东西
五百年后的正午，在锈迹斑斑的水面
湿淋淋大海在沸腾
一片落叶飘来辽远的死亡的清香

后来者将体会
人类一生的努力
是怎样自行毁灭在弹指之间

8

旋风般扑来的波涛如骑
船队溃不成军
年复一年
笑容的旋涡吞食多少船只和星辰

沉船啊我的沉船
它愤怒过，伤心欲绝过
现在它安静下来了
还剩最后一点点力气，要好好保存

沉船是人给海的礼品
这非凡的勇气
来自花、鸟、帆影和涌来的潮汐
当一轮皓月走过
此此瞬痛无语的心情，沉船啊我的沉船
我肢体的某些角落正一层层消失
再次为历史增添斑驳的一笔

9
海啊
以水波的形式化柔情为我
以礁石的形式化坚强为我
以胸怀，化宽容为我
当肉体与大地一齐凌越苦痛
对着明亮的落日，我必须
彻底地，自致命的耻辱，一跃

我重新反省你，仰望你，超越你
重新享受你的温情，你的刀伤
享受你自造自设自我陷落的文字和言辞
在浪花簇拥的节奏中
处处暗喻丛生

千百次顿悟
又千百次沦入执迷

我们在人生的圈套里跳进跳出
千百次穿过阴与阳的隧道以及
带剑的石林，险象丛生的波涛

自由是感觉不到的
它穿过体内，流水般洗去烦恼
灵魂在星光弥漫的上空
漩涡般的深洞等待自我校正

10
啊下雪了
四十年罕见的雪，南方的雪，大雪
为什么在我生日这天，噼噼啪啪
火苗般燃烧啊雪

和平，纯真，感人至深的白色
我生命的形象，充沛的形体
为什么选择了今天？是母亲
从我们天上那个家里送来的吗
生命的形象火苗般，不，鱼苗般游来
穿过肢体，洁净得让我忏悔

雪落在舌尖
它微微颤动的翅膀，带着自珍
雪啊，你是天上的玉
玉石俱焚，仍旧是玉
从第一颗宝石出发
就有你的挤压，母亲的挣扎

多少鲜血融入月光
只要有夜的胚胎就有翩翩起舞的朝霞

只要有眼泪和落叶，就有新春

11
无言无语的内心永是那片蔚蓝色故土
椰子树用羽毛擦亮启明星

当耻辱、伤痛和沉静融为一体
当情感隐入幽冥，思想远离事物的原形
当一条波音的鱼在蓝色天空奔跑
生活从容不迫，进入新的秩序新的意境

当跫音洒向苍茫大地
平安夜的钟声响彻血液和神经
当混沌中婴儿的哭喊
犹如化石诉说旷古的忧伤
当海，长满鱼类和树叶，不再受污染

当椰子树自洁成仙
礁石苍苍修道成神
那只鸥，梳理羽毛成人

当仇恨充满歉意
失败和挫折飘散谢世般的气息

12
面对时间
每滴水都有出发的地方
每片雪花都有归来的源泉
所有进化过程在错误身上踩过
并抚慰最弱小的梦，最强大的人格
超人格的海，生命之露又缀满衣襟

一往情深，深不可测的爱啊
永远伴随心灵，直达神圣和恒久
在一片凝固的蓝色晶体里
多么美丽，端庄而自由
月亮落了，太阳又升起了
日子总是在水中交替

当缀满星光的海面月又升起
当我再次变成一只鸥
以日为镜，以泪净身
我会懂得，强烈的火总脱身于水中
海的结束，方是诗的诞生

1992 年第 1 稿（1600 行）
1993 年第 2 稿（1200 行）
1996 年第 3 稿（600 行）
2012 年第 4 稿（300 行）

评论摘录

吕进——西南大学新诗研究所原所长、博士生导师，重庆市文联原主席

傅天琳是重庆新时期和新世纪的标志性诗人。傅天琳的艺术道路是"诗穷而后工"的古训的最好诠释。她的诗美感受力和艺术直觉十分敏锐，善于从平凡生活中发现诗。诗人开阔的视野，开放的思维，以及女性特有的细腻和敏感，造就了傅天琳丰富的诗歌世界。诗人显然攀上了新的艺术高度，思想成熟了，对生活的理解和认识更加深刻。我们从诗人的"果树方式"中，清楚地感受到了一股"韧性"的张力，一股成长的力量。

蓝锡麟——重庆市文联原党组书记

诗也干净，人也干净，她是在自觉地坚守文学的人学本质。为文学，也为灵魂，她真是做到了。寄寓于其间的普世价值的质感启悟，业已不仅只属于她个人。好多年以来，文学艺术的审美理想频遭地震、雪灾侵凌，伟大、崇高、真诚、干净之类最该有的传承逐渐沦为稀缺。面对着这股颓风，傅天琳和她的《柠檬叶子》坚守住了一方干净的天地，势必显得异常珍贵。

雷抒雁——中国诗歌学会原会长、鲁迅文学院原常务副院长、诗刊社原常务副主编，全国优秀诗集奖获得者

因风而起的纸鸢里没有她，巡天而啸的鸽群里没有她。影子很淡，调子很低。她内心世界的平和、善良与质朴，在那种富于青春活力与成熟思考的刚性语言里，流溢和散发着一种奇异的色彩和气息。傅天琳让人钦佩的是随时都能凝神静气，诗如人一样透亮明净，在当今诗坛，实在不多。她的诗正是理论家们所希求的，是真丝，是从蚕的口腹中真实地吐露出来的，而不是那些借助无机物合成而来的。所以，她的诗打着她的烙印，这是一个诗人真挚、真诚的人格烙印。

韩作荣——中国诗歌学会原会长、人民文学原主编，鲁迅文学奖获得者

这位在诗坛曾一度消失，一心一意当外婆的诗人，似乎聚集了过多能量，复出后佳作频出。其诗质量之高、感觉之敏锐、喷发之速令人惊异，仿佛冥冥中她得到了特别的眷顾，一发而不可收。诗人善于捕捉瞬间的感觉，似有一双通灵的眼睛，将事物刹那间的姿态固定于文字中的永恒。这与她步入新的地域颇多新鲜感有关，与诗人素质之高有关，也与她果园的诗歌之根有关。写那些与自己生命痛切有关的事物，她总能很快调动出自己的真切感悟和思索。

李琦——黑龙江省文学院院长，鲁迅文学奖获得者

她对人的善意和温情，她丰盈清新的艺术感觉，历经坎坷却依旧纯真的美好天性，她内心的羞涩和名利场上的习惯躲避，甚至她的懵懂神情和惶惑不安，我相信都沂着她的果园岁月。这个从缙云山林间小路走来的诗人，自然淡定，毫无矫饰。她得到了那些果树的气韵和精髓，你以为她落叶了么？她又发了新的芽。近年来她再一次用自己的诗歌，赢得诗坛的敬意和关注。宝刀型诗人灵动清新如故，笔端下却越来越开阔，越来越沉郁，思想力度更为深邃。诗风也更为淡定更为苍茫了。

郑玲——株洲市文联原主席，艾青诗歌奖获得者

对天琳来说，万物都是通灵的。她写日常生活中的事物，不仅是看见的、听见的，还是用灵魂触摸过、感受过并严格选择过的。她对这微尘世界的欢乐和痛苦，总是一往情深的。所以她的诗不流于浅表，能楔入生命中心，甚有精神强度。她认同真正的文学从来是拒绝时尚的，她不被流派所左右，她的诗中没有理念的荫翳，没有自命先锋的造作，以至她自性中的创作冲动没有被破坏。天琳诗歌语言的澄明、浏亮、辽阔、高远，本身就是对汉语的赞美，是少有人能及的。黄山谷闻木樨香而悟道，我闻天琳灵魂的芬芳而悟诗。

刘立云——解放军文艺出版社主编，鲁迅文学奖获得者

当我读到《我为什么不哭》和《我的孩子》时，被诗里所散发出来的悲切、凄婉、沉郁和锥心锥骨的疼痛，深深地震惊了。当时我浑身寒冷，皮肤上不由自主地爆出一层细密

的鸡皮疙瘩，如同置身于冰天雪地。当年的地震诗何止千万，但如果有十首能流传下去，这两首应该在其中。近年来傅天琳的诗歌忽然给人一种骨骼清奇、铁花怒放的惊喜，仅仅看到其情感的真诚与真挚，切入生命的独特和尖锐，似乎还没有触到它的边界。它的边界在她干净得几乎与世隔绝的单纯和执拗中，在她逐渐达到的对生命的超拔和领悟中。她的诗天然地获得了山野草木所独具的柔韧和锋利。

张新泉——星星诗刊原副主编，鲁迅文学奖获得者

教室很大，东起重庆，西至成都，她坐教室东头，我在教室西边。记得那年她参加诗人大海访问团回来，在许多杂志上发表诗作，一下就在学校出名了。当时我已读过她的一些诗，印象不错，就踮起脚望她：短头发，圆脸庞，粗布短衣裳，似乎还粘着一些柑橘花和泥迹，与她诗的内质相符。三十多年过去之后，诗人这个称号，已不再是一个值得随便出示的头衔。但天琳依旧端坐在自己的座位上，把荣誉和奖状锁在抽屉里，眼神专注，怀着敬畏与虔诚，认真做着诗歌写作这门功课。

陆健——中国传媒大学教授，博士生导师

多年来一直对傅天琳的作品非常欣赏，认为她的诗歌是那种耐得住读、经得起时间淘洗、越来越显示出某种"典范性"的优秀作品。诗人的成就诗歌界有目共睹，主要体现在对事物整体把握的能力，人的主观世界与客观世界经由她的笔达到了一种崇高、亲切、富有美感的艺术平衡。她写诗不是为了营构一堆使人惊奇，有新鲜感、陌生感的意象，而是表达和生存的需要。艺术天分、成功机遇，就像众人求之不得的一束光，光只会照到有缘人那里。

蒋登科——西南大学教授、博士生导师

从上世纪80年代以来，傅天琳在诗坛的位置一直就没有被动摇过。她的许多作品，无论题材、意象还是精神气质，都与她曾经劳动过十九年的果园保持着或直接或间接的联系。在她的诗中，苦难意识很明显地暗含其中，但她总是以自己内在的力量将苦难的轮廓模糊化，将苦难的影响轻浅化，流露出独立而坚韧的承担，柔弱但不可侵犯的坚强。傅天琳一直很低调，而且创造了独特的面对苦难、书写苦难的艺术方式。这种方式造就了傅天琳眼光向下、感觉向内、精神向上的人生态度，也造就了她的诗历苦难而获升华、历地狱而达天堂的独特境界。

李元胜——重庆作协副主席，鲁迅文学奖获得者

我不止一次推敲过傅天琳的诗歌历程，每一次，我都会得到新的启发，新的发现，新的惊叹。就像是穿越峡谷的溪流，山中清澈无比，催生两岸野花，但当它奔向山外，一路上就一会儿是瀑，一会儿是潭，景致变化万千。经历太多太多后，又变得宁静，有了深沉的力量。一个卓越的诗人，穷其一生写到老年，她的诗歌不会再有华丽的炫耀，不会再竭力捕捉那麋鹿般欢跳着的机智。她只需要说出，朴素诗句里就有着毕生修炼而来的无形的技巧。

何房子——重庆晨报副总编

她是一个安静的人。在任何一个谈论诗歌的场合，她总会找到僻静一角，倾听，面带微笑。对她心仪的后生，她微笑，对她同辈的文人间的争吵，她微笑，对别人的偏激和固执，她还是微笑。仿佛与生俱来，她就具有让时光温润的才能，不同年龄的诗歌声音因此而和解。在诗人遍地的20世纪80年代，她已名动诗坛，在诗歌凋零的今天，她仍然挚爱干净而优雅的汉字。人生的淡定，源于天性，更是她书写的无数的意象馈赠给她的诗意之美。

苏瑗——重庆晚报原副总编

一直以来，我认为真正的诗人必是得天之厚爱的，其语言的天赋只有与生俱来而无其他源头。傅天琳就像她的名字一样：天赋灵秀。她五十年的诗路花雨，"根情、苗言、华声、实义"中，显现的是一个大诗人独有的才情。诗化的语境无师自通，发乎于心的创作没有人能替代，没有人能效仿。傅天琳一生都在回避堂皇，而璀璨却像一道追光总撑着她。

她的人生就像四季水果，应季蔬菜，该拥有的当春乃发生，该放下的不记来时路，本分自守，知恩图报。

佐佐木久春——日本秋田大学教授，北京大学访问学者，著名汉学家，翻译傅天琳诗集《生命与微笑》，于1996年由日本海流之会出版

傅天琳的诗是在大自然与日常生活、社会和人的交点中萌发的，这是超越时代及社会可永久作为具有古典典范性质的作品流传下去的必不可少的要素。当这些发自于诗人内心，却包容着深刻的社会人生的诗作被人们发现时，便巧妙地跟上了时代洪流。傅天琳又是不断前进着的，在第二阶段即可看出某种完成，因此有人早早地把她定义为果园诗人母爱诗人，这种看法是有失偏颇的。以后的她拓展了自己的可能性，她诗中的爱已远远超越了母性、女性世界，追求并探索人性与广义的人类之爱，当然也包含着深厚的生命意识及使命感，她树立了自己独特的诗风。